ΜΑΡΙΟΣ ΑΝΤΥΠΑΣ

*

ΧΩΡΟΧΡΟΝΙΚΟ
ΑΣΥΝΕΧΕΣ

*

*6 μπερδεμένες ιστορίες
για την παράδοξη φύση
του χρόνου*

ΝΕΑ ΔΙΑΣΤΑΣΗ
Γιαννιτσά 2018

Τίτλος Βιβλίου
Χωροχρονικό Ασυνεχές

Επιμέλεια Έκδοσης
Δημήτρης Ζώτος

Παραγωγή
ΛΙΘΟψηφιακή

Αθήνα 2018

ISBN: 978-618-83637-4-8

ΕΚΔΟΣΕΙΣ:
ΝΕΑ ΔΙΑΣΤΑΣΗ

ΑΝΤΙ ΠΡΟΛΟΓΟΥ

Χρόνος, καιρός, ώρα, στιγμές, αιωνιότητα. Εφευρήματα της ανθρώπινης ματαιότητας, καθώς προσπαθεί να αποποιηθεί την ασημαντότητά της σε ένα άπειρο σύμπαν, ή έννοιες βαθιά ριζωμένες στη δομική υπόσταση της ίδιας της ύπαρξης, της ενέργειας και της ύλης; Ο ρυθμός που εκδηλώνεται η εντροπία ή ο βαθμός που η βαρύτητα επηρεάζει τις αδερφές της πρωτόλειες φυσικές δυνάμεις;

Ο Μάριος Αντύπας, σκεπτικιστής συνταξιδευτής μας σε αυτήν την διακοπτόμενη από τον κύκλο της ζωής και του θανάτου αναζήτηση της (μίας και μοναδικής;) αλήθειας, καταπιάνεται με το ζήτημα και την έννοια του χρόνου σε αυτήν την σειρά σύντομων ιστοριών, ιστορίες γύρω από χωροχρονικά παράδοξα, αέναες λούπες και what if σενάρια.

Οι ιστορίες αυτές θα ήταν εύκολο να χαρακτηριστούν «επιστημονικής φαντασίας». Μάλλον «αντιεπιστημονικής περιέργειας» θα τις λέγαμε, με το αντι- να μην αναφέρεται σε μια μάχη ενάντια στην επιστήμη, αντιθέτως, σε μια παρακινητική προκλητικότητα απέναντί της.

Άλλωστε, ο συγγραφέας έχει μια ιδιαίτερη σχέση με το χρόνο.. Σαν άλλος Ιανός, ο Μάριος Αντύπας είναι το πρόσωπο που κοιτάει στο παρελθόν, όταν ένα άλλο του πρόσωπο, αυτό του Παράξενου Ελκυστή, κοιτάει προς το μέλλον. Αλλά αυτός θα μας απασχολήσει σε άλλο εκδοτικό πόνημα.

Από τον εκδότη

ΠΕΡΙΕΧΟΜΕΝΑ

Ι.Χ.Θ.Υ.Σ.

Ο καυτός απογευματινός ήλιος που επί μία ολόκληρη ημέρα έκαιγε και τσουρούφλιζε τα πάντα στο πέρασμά του, φάνηκε επιτέλους αργά αργά να υποχωρεί στο μέχρι πρότινος καταγάλανο στερέωμα.

Ένα απαλό αεράκι που φύσηξε ξαφνικά από τους απέναντι μακρινούς λόφους είχε σαν ευεργετικό αποτέλεσμα μια ανεπαίσθητη δροσιά να κυριαρχήσει ευχάριστα στον χώρο.

Η σταδιακή κάθοδος του ήλιου στο βάθος του ορίζοντα έδινε με τη σειρά της ένα απόκοσμο κοκκινωπό χρώμα τόσο στον ουρανό όσο και στις μέχρι πριν από λίγη ώρα ξασπρισμένες από το έντονο φως του επιφάνειες. Επιφάνειες μιας κατάξερης φύσης που συνέθετε το γύρω τοπίο.

Ι.Χ.Θ.Υ.Σ.

Ένα άνυδρο και γυμνό τοπίο στο οποίο κυριαρχούσαν αραιά και που διάσπαρτοι... στεγνοί θάμνοι, κοφτερές πέτρες και ημιθανή πουρνάρια. Ένα τοπίο που διψούσε για νερό. Και να σκεφτεί κανείς ότι ήταν άνοιξη...

«Αυτή λοιπόν είναι η γη της επαγγελίας; Αυτό είναι το ευλογημένο Ισραήλ;», μουρμούρισε μέσα απ' τα δόντια του ο ψηλόλιγνος γενειοφόρος άνδρας που όρθιος επάνω σε έναν λόφο ατένιζε με δέος το δειλινό.

«Μέλι και γάλα να ρέει...», ψιθύρισε χαϊδεύοντας με τα οστεωμένα δάχτυλά του τα μακριά κατάμαυρα μαλλιά του.

Γυρίζοντας το κεφάλι του προς το μικρό φοινικόδασος λίγο πιο πέρα, στους πρόποδες του μικρού λοφίσκου, ένα αμυδρό χαμόγελο φάνηκε να σχηματίζεται στα λεπτά του χείλη.

Οι κατάκοποι σύντροφοί του είχαν ήδη ξαπλώσει κάτω από τις μίζερες σκιές των ελάχιστων φοινικόδεντρων και βγάζοντας από τα υφασμάτινα σακούλια τους ότι φαγώσιμο διέθετε ο καθένας, το είχαν ρίξει στο φαγητό.

Η ατμόσφαιρα που σχηματίστηκε σιγά σιγά γύρω από την ολιγομελή ομάδα έδειχνε γιορταστική. Οι χουρμάδες, τα κουκιά, τα σύκα και το κατακόκκινο αγνό κρασί ήταν

[10]

αρκετά για να φέρουν την παρέα σε κατάσταση χαλαρής ευθυμίας. Δυνατά γέλια, χαρούμενα τραγούδια και πολλά χαχανητά ακούγονταν και αντιλαλούσαν στην γύρω ερημιά. Ο άνδρας ξανάστρεψε το βλέμμα του προς τον κιτρινωπό ήλιο που είχε πλέον σχεδόν εξαφανισθεί. Η σκοτεινή σκιά που άφηνε με την υποχώρησή του ο ήλιος και που με ταχύ ρυθμό ξετυλίγονταν καλύπτοντας το γεωγραφικό τοπίο είχε πια φτάσει πάνω από τα πλινθόκτιστα κτίσματα της πόλης της Ιερουσαλήμ, που γαλήνια υποδέχονταν τη νύχτα μόλις μερικά χιλιόμετρα προς τα δυτικά.

Το πρόσωπό του άνδρα σοβάρεψε απότομα. Αυτή τη φορά έδειχνε συνοφρυωμένος καθώς απορροφήθηκε και πάλι στις σκέψεις του.

«Γιάσουα, έλα κοντά μας. Τα σύκα σε λίγο θα τελειώσουν και σε βλέπω να μένεις πάλι νηστικός...»

Η χαρούμενη φωνή του συντρόφου του τον επανέφερε στην πραγματικότητα.

Η φωνή του Σίμωνα, του πιστού του φίλου που από την αρχή της περιπλάνησής του είχε σταθεί δίπλα του και που τον στήριζε, γερός σαν βράχος. Σαν πέτρα... Και όμως ούτε και αυτός ο Πέτρος, όπως τον είχε ονομάσει ο Γιάσουα, αλλά ούτε και ο «διανοούμενος» Ιούδας, ούτε κανένας άλλος από την όλη συντροφιά δεν θα μπορούσε να αντιληφθεί αυτό που του συνέβαινε. Αυτό που έκανε τα

I.X.Θ.Y.Σ.

σωθικά του να ταράζονται και στο μυαλό του να στροβιλίζονται χίλιες μύριες απορίες.

Στα μάτια των συντρόφων του ήταν ο σοφός, ήταν ο δάσκαλος. Ήταν αυτός που είχε απαντήσεις για όλους και για όλα. Αυτός που με μια κουβέντα ή μια ματιά του ή ακόμα και με ένα απλό άγγιγμά των χεριών του έδινε νόημα στη ζωή τους.

Αυτός που με τα λόγια του μοίραζε ελπίδα στους κατατρεγμένους και χαμόγελα στους κατηφείς.

Αυτός που ανακούφιζε τις ψυχές όλων όσων έσπευδαν από παντού να τον συναντήσουν και να τον ακούσουν να τους μιλάει για έναν άλλο καλύτερο κόσμο. Έναν κόσμο αγάπης. Και που τον πίστευαν...

Ε λοιπόν, δεν θα μπορούσε κανένας τους ποτέ να φανταστεί ότι μέσα στα σκοτεινά βάθη της ψυχής του, ο πάντα αγέρωχος Γιάσουα, ο «εκλεκτός» για τους πολλούς, αισθάνονταν και αυτός για πρώτη φορά αμήχανος, αισθάνονταν... φόβο.

Από μικρό παιδί ήξερε ότι ήταν διαφορετικός. Είχε θαρρείς από πάντα την μοναδική δυνατότητα, χωρίς ποτέ να μπορεί να το εξηγήσει, να βλέπει μέσα από μικρές χαραμάδες το άμεσο μέλλον.

Πολλές φορές μάλιστα, παίζοντας με τους φίλους του προέβλεπε κι' αυτήν ακόμη την εξέλιξη των παιχνιδιών τους.

Χωροχρονικό Ασυνεχές

Ο Γιάσουα έβλεπε μπροστά. Αυτή η μυστηριώδης και συνάμα απόκοσμη ικανότητα του δεν τον έκανε και πολύ αγαπητό στις παιδικές παρέες. Μια φορά μάλιστα τον ξυλοκόπησαν άγρια κάποια συνομήλικα του παιδιά διότι γνωρίζοντας ο Γιάσουα ότι αν συνεχίσουν το παιχνίδι τους θα ποδοπατηθούν άσχημα από κάποια αφηνιασμένα γαϊδούρια, τους σταμάτησε. Ακόμη θυμάται τα λόγια του γέρου πατέρα του που βλέποντάς τον να κλαίει γοερά, του είχε πει πως πρέπει να μάθει να κάνει υπομονή και ότι ίσως κάποτε να μπορέσει να δαμάσει το δώρο αυτό που του είχε χαρίσει ο Θεός...

Αρκετά χρόνια αργότερα και έχοντας πλέον ενηλικιωθεί, μπόρεσε επιτέλους πραγματικά και χαλιναγώγησε το θείο αυτό χάρισμα μέσα από σκληρές και επίπονες προσπάθειες. Νηστείες, προσευχή και διαλογισμός ήταν τα όπλα με τα οποία πάλεψε. Και νίκησε...

Το κόστος όμως της νίκης του ήταν βαρύ. Η δυνατότητα να ελέγχει τα οράματα του, του στοίχιζε σε ισχυρούς πονοκεφάλους αλλά και ναυτίες που πολλές φορές κρατούσαν ολόκληρα εικοσιτετράωρα.

Άξιζε όμως τον κόπο. Οι μικροσκοπικές θολές σχισμές που άνοιγε στο αδιαπέραστο για τους υπόλοιπους ανθρώπους μέλλον, σιγά σιγά γιγαντώθηκαν. Έγιναν ξεκάθαρες εικόνες που μπορεί να διαρκούσαν ελάχιστα μόνο δευτερόλεπτα αλλά ήταν απόλυτα διαυγείς.

Πολλές φορές μάλιστα συνοδεύονταν και από απόμακρες, μεταλλικές, ουράνιες φωνές, που του μιλούσαν για αρχέγονες ιδέες και διαχρονικά νοήματα.

Του αποκάλυπταν αλήθειες για θείες γνώσεις όπως είναι η αδελφοσύνη, η ειρήνη και η αλληλεγγύη μεταξύ των ανθρώπων. Απλές έννοιες που αν και θα έπρεπε να είναι αυτονόητες σε όλους, είχαν εν τούτοις εδώ και καιρό για πάντα ξεχαστεί από τους συνανθρώπους του.

Έτσι ο Γιάσουα, πιστεύοντας ότι αποτελεί καθήκον του να μοιραστεί τα αγγελικά αυτά μηνύματα που του δίνονταν απλόχερα, αποφάσισε να αφήσει το χωριό του, τους φίλους του και την οικογένειά του, και να χαρίσει το σπάνιο δώρο που του είχε δοθεί, σε όλους τους συμπατριώτες του.

Ξεκίνησε λοιπόν την περιπλάνηση του στις διάφορες περιοχές της Γαλιλαίας και της Παλαιστίνης. Στις χώρες του Ισραήλ.

Στην αρχή ήταν μόνος και όλα του ήταν δύσκολα. Η ματαιότητα της προσπάθειας του ήταν περισσότερο από καταφανής. Πολλές μάλιστα ήταν οι φορές που σκέφτηκε να τα παρατήσει και να επιστρέψει πίσω στο χωριό του και να δουλέψει όπως παλιά στο φτωχικό ξυλουργείο του πατέρα του.

Η πίστη του όμως σε όλα αυτά που αποσπασματικά και κατά ριπές πολιορκούσαν το μυαλό του, του έδινε κουράγιο να συνεχίσει...

Οι περισσότεροι βέβαια από αυτούς που μαζεύονταν για να τον ακούσουν γελούσαν μαζί του και πολλοί τον θεωρούσαν αλαφροΐσκιωτο. Οι υπόλοιποι τον περνούσαν απλά για δαιμονισμένο.

Πολλοί ήταν αυτοί που όταν τους μιλούσε για πράγματα τελείως δικά τους, όταν τους αποκάλυπτε αλήθειες της δικής τους ζωής και που κανένας τρίτος δεν θα έπρεπε να γνωρίζει, αντί να τον αποδεχθούν και να πεισθούν για την «θεϊκή» του αυτή ικανότητά, του πετούσαν πέτρες και τον έδιωχναν βρίζοντάς τον. Τον φοβόντουσαν. Για αυτούς δεν ήταν παρά ένας ακόμη τιποτένιος «μάντης», ένας μάγος που θα έπρεπε να εξοστρακιστεί.

Ήταν φανερό πως ο απλός κόσμος δεν ήταν ακόμη έτοιμος να ακούσει για πράγματα που στην καθημερινότητά του δεν ζούσε ή είχε ξεχάσει από καιρό.

Η έννοια της αγάπης του ήταν πλέον ξένη.

Σε έναν σκληρό κόσμο όπου κυριαρχούσε η επίπονη καθημερινή εργασία, η πείνα, η δυστυχία, και η ανελέητη

I.X.Θ.Υ.Σ.

εκμετάλλευση, δεν υπήρχε χώρος για τις διδασκαλίες του. Δεν υπήρχε χώρος για την έννοια της συγχώρεσης ή της αδελφικής αγάπης.

Στο συλλογικό υποσυνείδητο του εβραϊκού λαού είχε πλέον για τα καλά μπολιάσει το ατομικό συμφέρον και μόνο. Βασικός σκοπός του απλού ανθρώπου είχε γίνει η επιβίωση και μόνον αυτή. Και σκοπός του πλουσίου άρχοντα είχε γίνει ο περαιτέρω ... πλουτισμός.

Ακόμη και αυτό το Θρησκευτικό Ιερατείο που διαφέντευε τους πάντες και που θα έπρεπε κανονικά να αποτελεί τον αυστηρότερο θεματοφύλακα της ιουδαϊκής ηθικής, τον στυλοβάτη της πίστης του Ιουδαϊκού έθνους... ακόμη και αυτό είχε παραδοθεί στο κυνήγι της υλικής απόλαυσης, του αχαλίνωτου πλούτου και της κοσμικής ηδονής. Είχε παραδοθεί στα πάθη και είχε γίνει μαλθακό.

Έτσι για τον Γιάσουα, όλα φαίνονταν μάταια... και θύμωνε.

Αυτά όμως μόνο στην αρχή. Η επιμονή του χαρακτήρα του, η τεράστια πίστη σε αυτό που έκανε, η διαρκής πλέον ομοβροντία των «οραμάτων» του, και τέλος η ανιδιοτελής στήριξη των λιγοστών μαθητών του, που με πρωτεργάτη τον Σίμωνα σιγά σιγά συγκεντρώθηκαν γύρω του, όλα αυτά τον βοήθησαν όχι μόνο για να συνεχίσει αλλά με την πάροδο του χρόνου να καταφέρει να αποκτήσει και κοινό.

Ένα ετερόκλητο κοινό αποτελούμενο από απλούς και φτωχούς ακτήμονες αγρότες, ψαράδες, χειρώνακτες αλλά και πλούσιους εμπόρους, ακόμα και κάποιους μορφωμένους Ιουδαίους που παρατούσαν τις δουλειές τους στα χωράφια ή ακόμα και τις όποιες απολαύσεις τους και συναθροίζονταν γύρω του μαγεμένοι από τα μεστά του λόγια.

Άνθρωποι που έμοιαζαν να έρχονται από παντού για να νιώσουν και αυτοί λίγη από την θεϊκή του αύρα. Για να τον ακούσουν να τους μιλάει με έναν ήρεμο τρόπο που μόνο εκείνος μπορούσε, και να γαληνέψουν οι ψυχές τους.

Να τον ακούσουν να τους μιλάει ήρεμα, χρησιμοποιώντας παραδείγματα βγαλμένα από την καθημερινότητά τους. Με αλληγορίες, διηγήσεις και παραβολές που κατάφερναν να περάσουν δύσκολα νοήματα στο ζαλισμένο μυαλό ακόμη και των πιο απλοϊκών χωρικών. Και οι καρδιές τους ζεσταίνονταν. Και τον λάτρευαν. Και κρέμονταν από τα χείλη του.

Με την πάροδο του καιρού ο Γιάσουα είχε γίνει για πολλούς όχι μόνο ο «Ο Δάσκαλος», αλλά και ο περιβόητος «αναμενόμενος»... ο Μεσσίας. Εκείνος, την έλευση του οποίου προέβλεπαν οι Γραφές.

Ο σωτήρας που θα επανέφερε επιτέλους το Ισραήλ στην προτεραία του και άκρως προνομιούχα θέση. Αυτήν του ευνοούμενου και εκλεκτού Έθνους του ενός και μοναδικού Θεού...

Στα λίγα χρόνια των περιοδειών του ο Γιάσουα, χωρίς ποτέ να το επιδιώξει συνειδητά, κατάφερε με τον καιρό, εκτός από οπαδούς να αποκτήσει και πάμπολλους ισχυρούς εχθρούς. Φανερούς και μη.

Πολλοί ήταν οι «βολεμένοι» στους οποίους οι εμπνευσμένες διδασκαλίες του για αγάπη, δικαιοσύνη και κοινοκτημοσύνη δημιουργούσαν τεράστιο πρακτικό πρόβλημα.

Έννοιες όπως η συντροφικότητα και η μοιρασιά αποτελούσαν απειλή για την ύπαρξή τους. Και η συνεχώς αυξανόμενη προσέλευση όλο και πιο πολλών απλών ανθρώπων στις συναθροίσεις του Γιάσουα δημιουργούσε για αυτούς το μέγιστο των προβλημάτων.

Ήταν αυτοί οι στυλοβάτες του καθεστώτος που η δική τους οικονομική και κοινωνική πρόοδος βασίζονταν στον σαφή διαχωρισμό των εχόντων και μη. Τα τεράστια προνόμια που απολάμβαναν στηρίζονταν στην κατάπνιξη οποιασδήποτε προσπάθειας συσπείρωσης ή αφύπνισης των από κάτω.

Οι κατώτεροι έπρεπε να μείνουν τέτοιοι διότι η δική τους πολυτελής διαβίωση στηρίζονταν σε αυτούς. Στηρίζονταν στη διαρκή πάλη μεταξύ των εξαθλιωμένων φτωχών. Πάλη για ένα κομμάτι ψωμί, πάλη για εύνοια και πάλη για επιβίωση.

Το «διαίρει και βασίλευε» ήταν το βασικό όπλο των αρχόντων της Παλαιστίνης στην διατήρηση αυτού του στρεβλού πλην όμως απαραίτητου για την οντότητά τους status quo.

Η συνέχιση της ύπαρξης του Ισραήλ βασίζονταν σε αυτό. Και οι ίδιοι άλλωστε αποτελούσαν ένα μικρό μέρος ενός μεγαλύτερου «διαίρει και βασίλευε, που εφάρμοζαν στη χώρα οι πραγματικοί αφέντες, οι Ρωμαίοι επικυρίαρχοι. Όλα ήταν ένα καλά στημένο παιχνίδι. Και ο Γιάσουα ενσάρκωνε την απόλυτη απειλή. Οι δεικτικές και κατ' αυτούς ανατρεπτικές διδαχές του στοχοποιούσαν και τους ίδιους. Έπρεπε λοιπόν να τον εξουδετερώσουν.

Η απλή γνώση που ο λιπόσαρκος στο σώμα και ανιδιοτελής στην ψυχή ραβίνος μετέδιδε τόσο αποτελεσματικά στις μάζες των εξαθλιωμένων ήταν όχι μόνο ανατρεπτική αλλά και εξόχως επικίνδυνη.

Θεωρίες περί ισότητας και δικαιοσύνης μπορεί να ακούγονταν καλά στα αφτιά, αλλά στην πραγματικότητα αποτελούσαν νάρκη στα θεμέλια της καθεστηκυίας τάξης. Στα θεμέλια της κοινωνίας.

Σε καμία περίπτωση ο λαός δεν θα έπρεπε να ξυπνήσει, πόσο δε μάλλον να αμφισβητήσει το ισχύον καθεστώς που μόνο σε ισότητα και δικαιοσύνη δεν στηρίζονταν.

Σε καμία περίπτωση δεν θα έπρεπε να αφεθεί ο Γιάσουα να συνεχίζει να ανασηκώνει το πέπλο του σκοταδιού το οποίο είχε επιτηδευμένα και αριστοτεχνικά απλωθεί εδώ και αιώνες πάνω από τον «περιούσιο» λαό. Και επειδή οι άρχοντες όσο δυνατοί και αν ήταν δεν θα μπορούσαν ποτέ να νικήσουν βάζοντάς τα κατά μέτωπο με τον λαό, αποφάσισαν να τα βάλουν με τον Γιάσουα ... στρέφοντας τον λαό εναντίον του.

Σε έναν μεγάλο βαθμό το πέτυχαν. Μέσα από υπόγειες συνεννοήσεις, μηχανορραφίες, δωροδοκίες και γενικά αήθεις δολοπλοκίες, κατάφεραν να περάσουν στην κοινωνία την ίδια εικόνα για τον Γιάσουα, που αιώνες πριν είχαν περάσει οι βολεμένοι Αθηναίοι για τον έτερο «διδάσκαλο» της αγάπης και της σωφροσύνης τον Σωκράτη.

Σε αγαστή συνεργασία μεταξύ τους λοιπόν, οι πολιτικοί, οικονομικοί και θρησκευτικοί ταγοί του Ισραήλ κατάφεραν να ταυτίσουν, στα μάτια του λαού, τον Γιάσουα με την εικόνα ενός αιρετικού αναρχικού, ενός τσαρλατάνου, που μοναδικό σκοπό έχει την εισαγωγή «καινών δαιμονίων» στις ψυχές του λαού και την βίαιη ανατροπή της μιας και αληθινής θρησκευτικής δοξασίας των Ιουδαίων.

[20]

Κατάφεραν δηλαδή να πείσουν όλο και περισσότερους Εβραίους ότι ο Γιάσουα είχε ως αποστολή του την υπονόμευση. Είχε ως σκοπό το γκρέμισμα του μονοθεϊσμού και την αντικατάστασή του από ξενόφερτες παγανιστικές... μαγείες.

Αυτά για τον λαό. Πάνω από όλους όμως, και αυτή ήταν η κυριότερη επιτυχία του κατεστημένου, κατάφεραν να πείσουν τους Ρωμαίους αφέντες της χώρας, ότι ο Γιάσουα ήταν κατά βάση ένας ακόμη ζηλωτής επαναστάτης. Ένας επικίνδυνος αντάρτης που αν αφεθεί ελεύθερος να συνεχίσει το ποταπό του έργο τότε κινδυνεύει η πολιτική σταθερότητα της περιοχής. Κινδυνεύει η Ρωμαϊκή επαρχία της Παλαιστίνης να καταρρεύσει από γενικευμένη λαϊκή επανάσταση.

Η πλήρης αγραμματοσύνη και η τυφλή θρησκοληψία των μαζών σε συνδυασμό με την απόλυτη ανάγκη της Ρωμαϊκής Αυτοκρατορίας για την διατήρηση της όποιας ειρήνης στην απομακρυσμένη αυτή επαρχία, είχαν σαν αποτέλεσμα να περάσει τελικά η άποψη των ισχυρών πολέμιων του Γιάσουα.

Ο Ρωμαίος Έπαρχος, που ανέκαθεν τηρούσε αυστηρή στάση ουδετερότητας απέναντι στα όποια τοπικά θρησκευτικά ζητήματα, προβληματίστηκε από το ενδεχόμενο της πολιτικής υπονόμευσης της εξουσίας του που αντιπροσώπευε ο Γιάσουα, και που του πλάσαραν με

Ι.Χ.Θ.Υ.Σ.

μαεστρία οι προύχοντες, και έτσι ελήφθη η οριστική απόφαση να συλληφθεί, μα πάνω απ' όλα να θανατωθεί ο αιρετικός αυτός δήθεν ραβίνος.

Ο Γιάσουα τα γνώριζε όλα αυτά. Οι γενικές γραμμές της περίπλοκης και ανέντιμης συνομωσίας που εξυφαίνονταν εναντίον του, του είχαν αποκαλυφθεί με μικρές ξεκάθαρες εικόνες εδώ και καιρό.

Βδελυρές εικόνες που του έδειχναν την άδοξη κατάληξη της καλοπροαίρετης προσπάθειάς του για την διαφώτιση των συνανθρώπων του.

Σπασμωδικές εικόνες που τρυπούσαν το μυαλό του σαν βελόνες και μέσα από τις οποίες είχε δει ξανά και ξανά τον εαυτό του αφημένο στα χέρια του λαού στον οποίο τόσο πίστευε, να δέχεται ταπεινωτικούς προπηλακισμούς και χυδαίες ύβρεις.

Είχε δει σαν σε νοσηρό όνειρο, ή μάλλον εφιάλτη, και από μακρινή απόσταση, το ματωμένο του κορμί να κρέμεται σαν σφάγιο καρφωμένο επάνω σε έναν τεράστιο ξύλινο ρωμαϊκό σταυρό.

Είχε πονέσει από τα σκουριασμένα καρφιά που έβλεπε μπηγμένα στους καρπούς του.

Είχε δει ξεκάθαρα το οδυνηρό τέλος του, και είχε νιώσει τους τύπους των ήλων. Και επειδή τα είχε δει και αισθανθεί όλα αυτά, αγωνιούσε. Και αμφέβαλλε. Και μέσα του συνεχώς αναρωτιόταν...

Αξίζει τον κόπο άραγε;

Πλησιάζοντας τους ήδη μισοκοιμισμένους συντρόφους του ένιωσε ένα γλυκό μούδιασμα και μια απροσδιόριστη αμηχανία να γεμίζει το κορμί του. Ένα πρωτοφανές για εκείνον αίσθημα ζήλιας έκανε την εμφάνισή του βλέποντας τα γαλήνια πρόσωπα τους, αλλά αμέσως ο Γιάσουα το κατέπνιξε.

Τους αγαπούσε όλους σαν παιδιά του. Τον νεαρό Ιωάννη με την εφηβική του αφέλεια. Τον δύσπιστο Θωμά που όλα μα όλα τα αμφισβητούσε. Αγαπούσε τον Σίμωνα Πέτρο για την ήρεμή του δύναμη και που όμως ήξερε πως σε λίγες ώρες θα τον απαρνιόταν. Αγαπούσε ακόμη και τον Ιούδα, που μέσα του γνώριζε ότι αυτός ήταν που πρώτος θα τον προδώσει. Τους αγαπούσε όλους. Έναν προς έναν...

«Που να ήξεραν...», μουρμούρισε χαμηλόφωνα καθώς χάιδεψε στοργικά τα μαλλιά του κοιμισμένου Ιωάννη.

«Δάσκαλε δεν κοιμάσαι; Πρέπει να ξεκουραστείς. Αύριο μπαίνουμε στην Ιερουσαλήμ. Ο κόσμος σε περιμένει... Πρέπει να ξεκουραστείς....»

Ι.Χ.Θ.Υ.Σ.

«Σσσσσς... Κοιμήσου Ιωάννη μου. Εγώ πάω να προσευχηθώ. Θέλω να μείνω μόνος μου για λίγο»

«Δάσκαλε...»

Ο Ιωάννης άλλαξε πλευρό συνεχίζοντας τον ήρεμο ύπνο του καθώς ο Γιάσουα απομακρύνθηκε με γοργά βήματα προς την κοντινή έρημο...

Επί ώρες ο Γιάσουα καθισμένος οκλαδόν στη μέση της ερημικής τοποθεσίας και ατενίζοντας το κιτρινωπό μισοφέγγαρο στον σκοτεινό ουρανό προσπαθούσε να συγκεντρωθεί και να διαλογιστεί. Το κρύο αλλά και η έντονη νευρικότητα που τον τύλιγαν δεν βοηθούσαν.

Μάταια προσπαθούσε να ζεσταθεί κουλουριάζοντας μέσα στον φτιαγμένο από τραχύ καναβάτσο μανδύα του. Και δεν ήταν μόνο το κρύο που τον κυρίευε. Ήταν και ο φόβος...

Άσχετα με το τι πίστευαν οι μαθητές του, και άσχετα με τις, πολλές φορές ακόμη και σ' αυτόν τον ίδιο, ανεξήγητες ικανότητές του, δεν έπαυε να είναι ένας ακόμη απλός άνθρωπος. Ένας άνθρωπος με τις ίδιες αδυναμίες και τις ίδιες φοβίες που ένιωθαν όλοι.

Ο πανανθρώπινος φόβος του θανάτου, που για αυτόν τώρα φάνταζε εγγύς, τον έκανε να τρέμει σύγκορμος. Η γνήσια απορία του για το αν αξίζει τον κόπο να συνεχίσει την προδιαγεγραμμένη πορεία προς την αυτοθυσία, του δημιουργούσε ένα άγχος που ποτέ δεν είχε ξανανιώσει. Πάντα πίστευε ότι στο τέλος θα υπήρχε κάποιο αντίκρισμα σε όλα αυτά που πρέσβευε. Ότι θα επικρατούσε τελικά η δικαιοσύνη και ότι ο κόσμος θα ανταποκρινόταν στο κάλεσμά του για αγάπη.

Ότι θα υπήρχε αναγνώριση της θυσίας του. Δικαίωση.

Πίστευε πως ο παράδεισος είναι επί της γης... Και ότι μπορεί να επιτευχθεί μέσα από την αγάπη.

Η γνώση όμως ότι όλα αυτά ήταν τουλάχιστον μάταια και ότι η μοίρα του επιφύλασσε ένα άσχημο τέλος όμοιο με αυτό των κακοποιών και των εγκληματιών, τον συγκλόνιζε συθέμελα.

Τίποτα μάλλον δεν θα άλλαζε. Η ζωή του θα πήγαινε στράφι.

Αναστέναξε. Έγειρε το κεφάλι του στο πλάι. Τα τσακάλια που ακούγονταν να ουρλιάζουν στο βάθος και τα κρωξίματα των όρνεων που έψαχναν απεγνωσμένα για ψοφίμια τον νανούριζαν. Στο τέλος τον υπνώτισαν. Έκλεισε τα μάτια του και αποκοιμήθηκε...

Οι εικόνες που αντίκρισε ήταν πρωτοφανείς ακόμη και για αυτόν.

Αυτή την φορά το μέλλον δεν του αποκαλύφθηκε αποσπασματικά και μέσα από στενές χαραμάδες ή στατικές εικόνες αλλά μάλλον μέσα από μια συνεχή και καταιγιστική ροή με αλλεπάλληλα και ταχέως εναλλασσόμενα σενάρια.

Ι.Χ.Θ.Υ.Σ.

Ήταν σαν η συνολική ιστορία του μέλλοντος της ανθρωπότητας να ξετυλίγονταν μπροστά του σε χρόνο μηδέν.

Το πραγματικά μακρινό μέλλον, που για πρώτη φορά του αποκαλύπτονταν φάνταζε απίθανο. Φάνταζε μαγικό.

Η όλη εμπειρία ήταν για τον Γιάσουα πρωτόγνωρη και συνάμα συναρπαστική. Αισθάνθηκε τον εαυτό του να πετάει σαν πουλί επάνω από χώρες και τοπία που ποτέ δεν θα πίστευε ότι υπήρχαν σ' αυτόν τον κόσμο. Χώρες και τοπία που καμία μα καμία σχέση δεν είχαν με τις περιορισμένες γεωγραφικές εναλλαγές που πρόσφερε η μικρή άνυδρη και ασήμαντη Παλαιστίνη και που μόνο αυτές γνώριζε ο Γιάσουα.

Πέταξε επάνω από αχανή καταπράσινα λιβάδια, πυκνές ζούγκλες που ανέδιδαν χρώματα και οσμές, λευκές ατελείωτες οροσειρές, καταγάλανες λίμνες, μεγάλες και επιμελώς καλλιεργημένες εκτάσεις, γάργαρα νερά σε αφρισμένα ποτάμια, αμμώδεις κοραλλένιες παραλίες, χιονισμένα χωριουδάκια και απέραντες τσιμεντένιες μεγαλουπόλεις.

Είδε τεράστιες σιδερένιες γέφυρες, πελώριες καμινάδες και πανύψηλα γυάλινα κτίρια που οι κορυφές τους άγγιζαν θαρρείς τον ουρανό.

Είδε γυαλιστερά μεταλλικά πουλιά, που μέσα τους είχαν χαρούμενους επιβάτες, και που ταξίδευαν σε χώρες μακρινές κατοικημένες από περίεργες φυλές ανθρώπων. Είδε σιδερένια κουτιά με ρόδες που διέσχιζαν με μεγάλη ταχύτητα τεράστιες αποστάσεις. Είδε ογκώδη πλοία γεμάτα με πλούσια εμπορεύματα. Είδε σειρές επί σειρών από διαθέσιμα σε όλους τρόφιμα και χαμογελαστά τροφαντά παιδιά να παίζουν και να χαίρονται.

Είδε συγκεντρώσεις χιλιάδων ευτυχισμένων νέων να παραληρούν εκστασιασμένοι στο άκουσμα μιας περίεργης εκκωφαντικής μουσικής. Είδε μικρά κουτιά που έδειχναν στους ανθρώπους κινούμενες χρωματιστές εικόνες, άκουσε ήχους και θορύβους πρωτόγνωρους και είδε ακόμη και κοντινές καθαρές εικόνες από το μακρινό και άγνωστο διάστημα...

Εδώ είναι ο παράδεισος τελικά... σκέφτηκε. Στη γη!!!

Ο Γιάσουα δεν πίστευε ότι τέτοια πράγματα υπάρχουν ή ότι είναι δυνατόν να υπάρξουν. Και ξαφνικά κατάλαβε ότι το μέλλον της ανθρωπότητας θα είναι πολύ πιο σύνθετο απ' ότι νόμιζε και βασισμένο σε μια άγνωστη σειρά αξιών, και μια ακόμη πιο άγνωστη προς το παρόν τεχνολογία.

Ι.Χ.Θ.Υ.Σ.

Αυτή η πρόοδος της ανθρωπότητας, σκέφτηκε, δεν μπορεί να υπάρξει αν δεν επικρατήσει η ισονομία και η δικαιοσύνη την οποία και ευαγγελίζονταν ο ίδιος.

Όταν μάλιστα είδε άπειρους τεράστιους ναούς στολισμένους με το έμβλημα του Ρωμαϊκού σταυρού μέσα στους οποίους εκατομμύρια, σε όλες τις άκρες του κόσμου, ευλαβικοί άνθρωποι προσεύχονταν μπροστά σε εικόνες και αγάλματα που απεικόνιζαν τον ... ίδιο, λύγισε. Και κατάλαβε...

Αυτά τα συγκλονιστικά επιτεύγματα, αυτή η λατρευτική δικαίωση του έργου του μάλλον σημαίνουν ότι ίσως η προσπάθεια του τελικά να άξιζε τον κόπο. Ίσως το μικρό λιθαράκι που και αυτός θα έβαζε με τη θυσία του... ίσως να παίζει μακροπρόθεσμα κάποιον σημαντικό ρόλο.

Για αυτό και οι άγνωστες δυνάμεις του αποκαλύπτουν το μέλλον. Για να συνεχίσει. Για να μη λυγίσει.

Ξαφνικά ο Γιάσουα συνειδητοποίησε την ασημαντότητα της σημερινής μιζέριας, την ασημαντότητα των Ρωμαίων, την ασημαντότητα της όποιας εξουσίας, την ασημαντότητα των αρχιερέων και των λοιπών εχθρών του. Συνειδητοποίησε την αναγκαιότητα της θυσίας του προκειμένου οι άνθρωποι να φτάσουν στην πραγματοποίηση των εικόνων που έβλεπε ζωντανά μπροστά του. Προκειμένου να πετύχουν τον επί γης

[28]

παράδεισο. Και αναθάρρησε. Και αποφάσισε να συνεχίσει. Και τότε είδε την άλλη όψη...

Οι εκρήξεις ήταν εκκωφαντικές. Το ίδιο εκκωφαντικοί ήταν και οι κρότοι που τις συνόδευαν και που σκέπαζαν με τη βοή τους την απαίσια εικόνα καταστροφής. Πυκνά σύννεφα σκούρας σκόνης, ψηλές στήλες γκρίζου καπνού, και απέραντες πύρινες γλώσσες κατακόκκινης φωτιάς απλώνονταν παντού σκεπάζοντας με τον νοσηρό όγκο τους τον ήδη κατάμαυρο και απειλητικό στην όψη ουρανό.

Ο Γιάσουα αυτή τη φορά δεν πετούσε παρατηρώντας από ψηλά, αλλά βρήκε τον εαυτό του να συμμετέχει, γλιστρώντας, σαν να ... αιωρείται απόκοσμα, μέσα στον απόλυτο ορυμαγδό που κυριαρχούσε παντού.

Οι εικόνες που ξετυλίγονταν μπροστά του ήταν απερίγραπτες. Απερίγραπτες λόγω του πόνου και της οδύνης που περιέγραφαν.

Ούτε στον χειρότερό του εφιάλτη δεν θα μπορούσε να φανταστεί το μέγεθος της καταστροφής που μπορεί να επιβάλλει άνθρωπος σε συνάνθρωπο του.

Γλίστρησε δίπλα από μάχες σώμα με σώμα μεταξύ ανθρώπων που είχαν το σύμβολο του σταυρού αποτυπωμένο στα στήθη τους.

Ι.Χ.Θ.Υ.Σ.

Είδε σιδερένια πουλιά να βουτάνε πάνω από πόλεις και χωριά ξερνώντας φωτιά και θάνατο επάνω σε τρομαγμένα γυναικόπαιδα που μάταια έτρεχαν να σωθούν. Πουλιά που στο πλάι τους είχαν ζωγραφισμένο και αυτά τον σταυρό του μαρτυρίου του.

Κινήθηκε γλιστρώντας δίπλα από χιλιόμετρα σκαμμένων μέσα στο λασπωμένο χώμα χαρακωμάτων, που μέσα τους εκατοντάδες, ακόμα και χιλιάδες εξαθλιωμένοι στρατιώτες, δίπλα από πτώματα συντρόφων τους και τρέμοντας σύγκορμοι από τον φόβο είχαν το όνομά του στα χείλη τους, περιμένοντας με τη σειρά τους και αυτοί έναν οδυνηρό και απαίσιο θάνατο που δεν αργούσε να τους βρει

Πριν προλάβει να συνέλθει από το απόλυτο στρες που τον κατέλαβε, ο Γιάσουα βρέθηκε να αιωρείται, αυτή τη φορά μέσα σε ένα μουντό περιβάλλον κτιριακών εγκαταστάσεων, που το περιέβαλλαν από παντού πελώρια συρματοπλέγματα. Χρώμα δεν υπήρχε πουθενά.

Όλα μα όλα ήταν σε μια μονότονη απόχρωση του γκρι. Το πιο χαρακτηριστικό σημείο ήταν οι πανύψηλες καμινάδες που απ᾽ τις οροφές των θλιβερών κτιρίων ξερνούσαν συνεχώς ατελείωτα σύννεφα μαύρου πυκνού καπνού. Η μυρωδιά καμένης σάρκας που κυριαρχούσε στον χώρο έφερε τον Γιάσουα στα πρόθυρα ναυτίας. Τα μάτια του δάκρυσαν. Τα πόδια του λύγισαν. Και τότε τους είδε...

Χωροχρονικό Ασυνεχές

Ατέλειωτες φάλαγγες κατάκοπων, ρημαγμένων ανθρώπων, μεταξύ τους και παιδιά, που τυλιγμένοι σε άθλια και βρώμικα κουρέλια κατευθύνονταν σιωπηλά προς τις πόρτες των κτιρίων.

Στα πρόσωπά τους ήταν αποτυπωμένη η ταπείνωση... η πλήρης παράδοση. Και στα καταξεσκισμένα ρούχα όλων τους δέσποζε περήφανο και κατακίτρινο το ... άστρο του Δαυίδ. Το σύμβολο του Ισραήλ.

Ο Γιάσουα έκλαψε γοερά.

Αυτή λοιπόν είναι η κατάληξη του λαού μου; Αυτός είναι ο περιούσιος λαός; σκέφτηκε....

«Όλα αυτά στο όνομά μου; Τόσος θάνατος... τόση θλίψη... εξαιτίας μου;» Αυτή τη φορά φώναξε δυνατά κοιτάζοντας προς τον ουρανό σαν να περίμενε απάντηση.

«Για αυτό το τέλος θυσιάζομαι; Για αυτή τη ματαιότητα;»

Το κορμί του τον πρόδωσε, και ο Γιάσουα σωριάστηκε στο έδαφος.

Όταν επιτέλους άνοιξε τα μάτια του, το τοπίο που αντίκρισε ήταν μαγευτικό. Η ψυχή του γαλήνεψε.

Απ' άκρη σε άκρη και ως εκεί που μπορούσε να δει, ένα ατελείωτο καταπράσινο λιβάδι σπαρμένο παντού με πανέμορφα χρωματιστά λουλούδια... Ένα χάρμα οφθαλμών. Η άνοιξη όπως θα έπρεπε να είναι. Και σαν κερασάκι στη τούρτα, χαρούμενες παιδικές φωνές και γέλια ακούγονταν από παντού.

Ένα πανέμορφο αγοράκι με καταγάλανα τεράστια μάτια τον πλησίασε από το πουθενά. Το χαμόγελό του έκανε τον Γιάσουα να αναριγήσει. Χαμογέλασε.

«Πως σε λένε αγόρι μου;»

«Μη στενοχωριέσαι Κύριε... Εμείς σε αγαπάμε»...

Η φωνή του μικρού παιδιού αντήχησε στα αφτιά του Γιάσουα σαν χαρμόσυνη μουσική.

Ο Γιάσουα ξεθάρρεψε. Το γελαστό προσωπάκι του παιδιού ήταν αρκετό για να αποφασίσει εδώ και τώρα, μια για πάντα, ότι η όποια θυσία εκ μέρους του αξίζει τελικά τον κόπο.

Το μέλλον ανήκει στα παιδιά σκέφτηκε.

Αυτά θα φτιάξουν τον παράδεισο. Για αυτά τα παιδιά και μόνο θα συνεχίσω...

Οι εικόνες πολέμου που μέχρι λίγο πριν τον είχαν τσακίσει ολάκερο, με μιας εξαφανίσθηκαν από το μυαλό του. Τη θέση τους πήρε το χαμόγελο του μικρού παιδιού και οι φωνές των άλλων παιδιών, που του φώναζαν για να συνεχίσει το παιχνίδι μαζί τους.

«Αδόλφε έλα να συνεχίσουμε... έλα γρήγορα ... Αδόλφε...»

Πριν προλάβει να το χαιρετίσει ο Γιάσουα, το μικρό αγόρι έφυγε τρέχοντας χαρούμενο προς τη συντροφιά του.

Και ο Γιάσουα γεμάτος ζεστασιά, αποφάσισε οριστικά. Θα συνέχιζε την πορεία του προς τον θάνατο.

Η θυσία του άξιζε πραγματικά τον κόπο. Υπήρχε τελικά ελπίδα στον κόσμο.

Ο μικρός Αδόλφος με τα καταγάλανα ματάκια του, του έδειχνε τον δρόμο του παραδείσου.

Του έδειχνε το μέλλον...

Ο Κύκλος του Δαχτυλιδιού

Ήπειρος, χειμώνας του 1942.

Ξύπνησε απότομα. Το όνειρο ήταν ρεαλιστικό. Είχε στα αλήθεια τρομάξει. Προσπάθησε να ανοίξει τα μάτια του αλλά μάταια. Πονούσε παντού.

Το κεφάλι του ένιωθε σαν κάποιος γίγαντας να το είχε βάλει σε κάποια μέγγενη και με μίσος να έστριβε τις βίδες...

Πρέπει να είχε και πυρετό διότι έτρεμε ολόκληρος.

[35]

Ο Κύκλος του Δαχτυλιδιού

Μεγάλες σταγόνες από ιδρώτα έπεφταν από τα μαλλιά του και εμπόδιζαν την προσπάθεια που έκανε στο να ανοίξει τα μάτια και να συγκεντρώσει το βλέμμα του.

Μάταια σκούπιζε με την παλάμη το μουσκεμένο του μέτωπο. Ο ιδρώτας ήταν ατελείωτος. Σαν ποτάμι σκέφτηκε.

Δεν καταλάβαινε που βρισκόταν. Ένιωσε να τον κυριεύει ένα αίσθημα πανικού. Αυτό που σε εξουσιάζει όταν αισθάνεσαι ανήμπορος.

Έδιωξε κάθε σκέψη από το μυαλό του και προσπάθησε να χαλαρώσει. Να συγκεντρωθεί.

«Ψύχραιμα Άρη», είπε στον εαυτό του. Και αμέσως έκανε εμετό.

Καμία ανακούφιση.

Περιέργως, παρ' όλη τη ζαλάδα αλλά και την έντονη ναυτία που αισθάνονταν, η μνήμη του φάνηκε να δουλεύει μια χαρά. Εικόνες από την χθεσινή νύχτα ήρθαν ολοκάθαρες στο μυαλό του.

Θυμήθηκε πως πέρασε ολόκληρο το περασμένο βράδυ. Το χαρούμενο βράδυ της απόκτησης επιτέλους του μεταπτυχιακού του. Το γιόρτασε έτσι όπως ήθελε.

Ώρες ατελείωτες, πίνοντας κόκκινο κρασί, βλέποντας πολεμικές ταινίες σε DVD και συζητώντας με τον Θωμά τον συμφοιτητή του για το αγαπημένο τους θέμα. Αυτό που από μικρό παιδί ακόμα τον έκανε να νιώθει περήφανο και που αργότερα τον οδήγησε στο να μελετήσει με πάθος αλλά και να σπουδάσει στο πανεπιστήμιο ιστορία... νεότερη ελληνική ιστορία.

Θυμήθηκε τα λόγια του πατέρα του που για πολλοστή φορά στα εικοσιπέντε χρόνια της ζωής του, του μίλαγε για την ηρωική αντίσταση των Ελλήνων ανταρτών ενάντια στους Γερμανούς κατακτητές αλλά και για τον μεγάλο ρόλο που έπαιξε σε αυτόν τον ξεσηκωμό ο παππούς του και συνονόματός του, ο θρυλικός ήρωας της αντίστασης ο Καπετάν Αρίσταρχος.

Αυτός που μαζί με τον αδελφό της γιαγιάς του, τον περιβόητο Βοριά, είχαν τρέψει σε φυγή κοτζάμ γερμανικό στρατό!

Ιστορίες που χρόνο με τον χρόνο γινόντουσαν όλο και πιο ηρωικές, όλο και πιο μεγαλοπρεπείς.

Σαν σε ταινία ήρθαν στο μυαλό του οι εικόνες που από μικρό παιδί είχε πλάσει ακούγοντας τις ατελείωτες ιστορίες του πατέρα του. Έβλεπε τον Καπετάνιο παππού του επάνω στο κατάμαυρο άλογο του να ηγείται ομάδων ανταρτών στις πλαγιές των βουνών της Ηπείρου, να κυνηγάει Γερμανούς στρατιώτες που βλέποντας αυτούς τους εξωτικούς για τα μάτια τους έφιππους πολεμιστές, να τρέπονται σε άτακτη φυγή.

Έβλεπε γέφυρες να ανατινάζονται και γυναικόπαιδα να ραίνουν τον παππού του και τους άνδρες του με τριαντάφυλλα καθώς αυτοί έμπαιναν έφιπποι και καμαρωτοί στα απελευθερωμένα χωριά.

Τα έβλεπε όλα αυτά σαν σε ταινία ή μάλλον πιο ζωντανά. Σαν να ήταν κι αυτός ο ίδιος εκεί... σαν να συμμετείχε στις αντάρτικες επιχειρήσεις και αυτός.

Οι περιγραφές με τις οποίες είχε γεμίσει από μικρό παιδί ο εγκέφαλός του έμοιαζαν τόσο αληθινές που ακόμα και αργότερα, όταν πια σαν σοβαρός μελετητής της ιστορίας αναζητούσε έγγραφα και ντοκουμέντα μέσα στα ιστορικά αρχεία της περιόδου εκείνης, δυσκολεύονταν να προσαρμοσθεί στην πεζή πραγματικότητα που πρόβαλλε μέσα από αυτά, και συνέχιζε να ονειροπολεί διατηρώντας μέσα του την εξιδανικευμένη εικόνα του παππού του, εικόνα όμως της φαντασίας του.

Οι ιστορικές πηγές στις οποίες είχε εντρυφήσει δεν τον βοήθησαν καθόλου στην αναζήτηση της ιστορικής δράσης του παππού του. Ο Αρίσταρχος, αν ήταν όντως ήρωας, θα είχε ίσως παίξει κάποιον μικρό περιφερειακό ρόλο. Το όνομά του δεν αναφερόταν πουθενά.

Κανένας ιστορικός δεν τον γνώριζε και καμία πηγή δεν τον ανέφερε, σε αντίθεση με τον θείο του τον Μάρκο, γνωστό ως Βοριά, που η αντιστασιακή του δράση και ο ηρωικός του θάνατός σε μάχη το 1944 είχε καταγραφεί ιστορικά. Ο πατέρας του όμως επέμενε στις εξιστορήσεις του. Αυτές με τις οποίες είχε και ο ίδιος μεγαλώσει, και που του τις είχε μεταφέρει η μητέρα του η ίδια.

Η γιαγιά του Άρη, η Αγγελική, που είχε πεθάνει νεότατη όταν ο μπαμπάς του ήταν δεν ήταν δέκα χρονών. Και που μέχρι τον θάνατό της μιλούσε για τον λεβέντη Αρίσταρχο. Τον Γερμανοφάγο.

Κι αυτό του έφθανε του Άρη για να αισθάνεται περήφανος.

Ήταν άλλωστε και αυτός ένας Αρίσταρχος...

Οι έντονες φωνές από κάπου πολύ κοντά τον επανέφεραν στην πραγματικότητα... και στον ύπουλο πονοκέφαλο που συνέχιζε να τρυπάει το κρανίο του.

Ανασηκώθηκε και ανοίγοντας τα μάτια προσπάθησε να εστιάσει στο περιβάλλον. Τρόμαξε.

Το δωμάτιο στο οποίο βρισκόταν θύμιζε μάλλον πρωτόγονο αχούρι παρά οτιδήποτε άλλο. Οι τοίχοι ήταν πλίνθινοι και το δάπεδο αποτελούνταν από... χώμα. Δύο παναθλιες ψάθινες καρέκλες μαζί με το βρώμικο αχυρένιο στρώμα πάνω στο οποίο ήταν ξαπλωμένος συμπλήρωναν την όλη επίπλωση του χώρου. Η ελπίδα που είχε να βρισκόταν σε κάποιο πολυτελές δωμάτιο νοσοκομείου έσβησε με μιας.

Μοναδικό σημάδι ανθρώπινης παρουσίας και στοιχειώδους πολιτισμού ήταν η ασθενική φωτιά σε μια άκρη με μια καπνισμένη τσίγκινη κατσαρόλα που μέσα της κάτι έβραζε...

Ο Άρης άρχισε να τρέμει. Και όχι μόνο από τον πυρετό. Το δυνατό κρύο δεν βοηθούσε καθόλου. Ανοιγόκλεισε αρκετές φορές τα μάτια του προσπαθώντας να διώξει τις ξένες αυτές εικόνες και να επανέλθει στην πραγματικότητα. Μάταια όμως. Όπως γρήγορα κατάλαβε αυτό που τώρα ζούσε ήταν η πραγματικότητα.

Οι φωνές συνοδευόμενες από δυνατούς ήχους βημάτων φάνηκαν να πλησιάζουν, και ξαφνικά η στραβωμένη και ετοιμόρροπη ξύλινη πόρτα άνοιξε καθώς δυο μαυροφορεμένοι, γενειοφόροι και οπλισμένοι σαν αστακοί άνδρες, ζωσμένοι σε όλο τους το κορμί με σειρές από φυσεκλίκια, μπήκαν στο δωμάτιο και τον πλησίασαν. Τίναξαν το χιόνι από τις κάπες τους και έβγαλαν τους μαύρους σκούφους που φορούσαν αφήνοντας τα λιγδιασμένα κορακίσια μαλλιά τους να πέσουν στους ώμους τους.

Χωροχρονικό Ασυνεχές

Ο μεγαλύτερος σε ηλικία από τους δυο μίλησε:

«Ξύπνησες ρε παλικάρι; Επιτέλους...»

Ο Άρης προσπάθησε να ανασηκωθεί αλλά ο πόνος στο κορμί του ήταν ανυπέρβλητος.

Ο μικρότερος από τους δυο αγνώστους πήρε τον λόγο.

«Ήρεμα λεβέντη μου, ήρεμα. Δέκα μέρες δεν κουνιόσουν και τώρα θέλεις ξαφνικά να μας ορμήξεις; Δεν γίνεται. Κάτσε εκεί που είσαι να δούμε τι θα γίνει με σένα... Μας ακούς; Έλληνας δεν είσαι;»

«Που βρίσκομαι; Ποιοι είστε;» ψέλλισε ο Άρης.

Οι άνδρες χαμογέλασαν.

«Μπράβο το πουλάκι μου, σου είπα ρε μαλάκα ότι είναι δικός μας...»

«Τι να πω ρε Βοριά... σε παραδέχομαι και πάλι»

«Χα χα χα....»

Οι δυο άνδρες ξέσπασαν σε δυνατά γέλια ενώ το κεφάλι του Άρη ήταν έτοιμο να εκραγεί.

Κάποιες ώρες αργότερα, και αφού μεσολάβησε μπόλικο ζεστό χαμομήλι, λίγο χωριάτικο ψωμί, μερικά σέρτικα τσιγάρα και αρκετή κουβέντα με τους δυο άνδρες, ο Άρης είχε ήδη αρχίσει να καταλαβαίνει το τι περίπου του συνέβαινε. Όχι ότι το αποδεχόταν βέβαια....

Τα λίγα όμως που ήξερε για θέματα φυσικής, και μάλιστα αυτά που άκουγε κατά καιρούς για τις εξελίξεις στο παράδοξο πεδίο της κβαντοφυσικής, του άφηναν κάποιο λογικό περιθώριο ορθολογικής εξήγησης αυτού που ένιωθε να του συμβαίνει. Ρήξη του χωροχρονικού συνεχούς, παράλληλα σύμπαντα, εναλλακτικοί χρόνοι και άλλα πολλά που άκουγε σε συζητήσεις με συμφοιτητές του και από μέσα του γέλαγε. Δεν τα θεωρούσε σοβαρά. Τώρα όμως ευχόταν να είχε δώσει μεγαλύτερη σημασία σε αυτά τα ζητήματα. Μπορεί και να είχαν δίκιο οι «αλαφροΐσκιωτοι», όπως τους αποκαλούσε.

Οι αντάρτες είχαν ήδη αποχωρήσει από τον χώρο, και όπως του υποσχέθηκαν σε λίγη ώρα θα ερχόταν κάποιος δικός τους τσοπάνης να τον πάρει από την απομακρυσμένη αυτή καλύβα και να τον πάει στο Λαγκαδίκι, το πλησιέστερο χωριό. Εκεί θα έμενε κρυμμένος στο σπίτι της αδελφής του ενός από τους δυο σωτήρες του, του Βοριά, μέχρι να μπορέσει να γίνει τελείως καλά και να αποφασίσουν τι θα γίνει με την περίπτωσή του.

Όπως του είχαν εξηγήσει ξανά και ξανά, οι αντάρτες τον είχαν βρει πεσμένο και αναίσθητο μέσα στα χιόνια. Ήταν ένα βήμα πριν τον θάνατο. Τον έφεραν στην απομονωμένη

Χωροχρονικό Ασυνεχές

αυτή τσελιγκάδικη καλύβα όπου και για δέκα ημέρες ο Άρης αρνούνταν να ξυπνήσει.

Τα ελαφριά και πολύ περίεργα ρούχα του σε συνδυασμό με την παντελή έλλειψη οποιουδήποτε στοιχείου ταυτότητας τους είχαν κινήσει υποψίες για το αν ήταν Γερμανός. Το μόνο που είχε επάνω του ήταν ένα δαχτυλίδι και μια φωτογραφία του. Ο Άρης την είχε στην τσέπη του γιατί σκόπευε να την μεγεθύνει στο κομπιούτερ, να την κορνιζάρει και να την κάνει δώρο στον πατέρα του. Τίποτα άλλο δεν πρόδιδε την ταυτότητά του.

Ευτυχώς όμως που επικράτησε ή άποψη του αρχηγού τους ότι είναι Έλληνας και έτσι δεν τον σκότωσαν, όπως ήθελαν κάποιοι από την ομάδα που ήταν πεπεισμένοι ότι πρόκειται για Γερμαναρά. Έχοντας δει το λιτό ασημένιο δαχτυλίδι με σκαλισμένο το όνομα ΑΡΙΣΤΑΡΧΟΣ που φορούσε ο Άρης, ο Καπετάν Βοριάς, ο αρχηγός της ομάδας ήταν σίγουρος ότι αποκλείεται να πρόκειται για Γερμανό. Εγγλέζο φιλέλληνα και αρχαιολάτρη ίσως...

Σήμερα όμως και επειδή στην περιοχή πλησίαζε ένας λόχος των περιβόητων Γερμανικών SS, η αντάρτικη ομάδα έπρεπε να αποσυρθεί ψηλότερα στα χιονισμένα βουνά. Οι βαριές απώλειες ανδρών που είχαν υποστεί τα Γερμανικά περίπολα αλλά και οι συνεχείς δολιοφθορές από τους

[43]

αντάρτες του Βοριά είχαν αναγκάσει τους Γερμανούς να μεταφέρουν στη περιοχή μια επίλεκτη μονάδα των σκληροτράχηλων SS που ένας θεός ήξερε τι έμελλε να κάνουν.

Η φήμη τους δεν προμήνυε τίποτα το ενθαρρυντικό. Το χωριό Λαγκαδίκι στο οποίο και θα φιλοξενούσαν τον Άρη μέχρι αυτός να συνέλθει και να αποφασίσουν τι μέλλει γενέσθαι θα ήταν ανυπεράσπιστο μιας και τον ελάχιστο πληθυσμό του αποτελούσαν αποκλειστικά και μόνο γυναικόπαιδα καθώς όλοι οι άνδρες του χωριού είτε είχαν ήδη σκοτωθεί είτε είχαν ενωθεί με τους αντάρτες...

Ο Άρης προσπάθησε επιστρατεύοντας τη λογική του να αφομοιώσει όλα αυτά τα περίεργα τεκταινόμενα, αλλά στο βάθος του μυαλού του αρνιόταν κατηγορηματικά να δεχτεί αυτό που συνέβαινε. Πίστευε πως πιθανότερο είναι να είχε αποκοιμηθεί μπροστά στη τηλεόραση και πως πρόκειται μάλλον για κάποιο βαθύ και απόλυτα αληθοφανές όνειρο οφειλόμενο ίσως στην υπερκατανάλωση φθηνού κρασιού και ότι σε λίγο θα ξυπνούσε και θα συνέχιζε την φοιτητική του ζωή .... εν έτη 2010.

Κοίταξε το δαχτυλίδι που φορούσε και το οποίο είχε ξεχάσει. Αυτό που μάλλον του έσωσε τη ζωή. Του το είχε δώσει εχθές το βράδυ ο πατέρας του και όπως του είπε συγκινημένος ήταν το ίδιο δαχτυλίδι που φορούσε ο παππούς του, ο ήρωας αντάρτης, και που το είχε κρατήσει ως μοναδικό ενθύμιο απ' αυτόν η γιαγιά του η Αγγελική. Ο Άρης αποκοιμήθηκε...

Τρεις εβδομάδες αργότερα και είχε ήδη αρχίσει να συνηθίζει τη νέα του ζωή. Όχι ότι περνούσε και καλά. Κάθε άλλο. Το κεφάλι του που μάλλον είχε υποστεί κάποια βαριά διάσειση, συνέχιζε να πονάει και προφανώς χρειαζόταν ειδικά φάρμακα για συνέλθει. Φάρμακα όμως που όχι μόνον δεν υπήρχαν στο χωριό αλλά που μάλλον δεν είχαν ακόμη ανακαλυφθεί πόσο δε μάλλον κατασκευαστεί.

Όλη την ημέρα την περνούσε καλά κρυμμένος στο πίσω μέρος ενός κοτετσιού και μόνο αφού έδυε ο ήλιος για καλά, τολμούσε να ξεμυτίσει από την κρυψώνα του και να μπει στο σπίτι της οικογένειας που τον φιλοξενούσε. Οικογένεια που την αποτελούσαν μόνο η γριά μάννα του αρχηγού της αντάρτικης ομάδας και η δεκαοχτάχρονη αδελφή του η Αγγελική.

Εκεί, και αφού έτρωγαν όλοι μαζί το φτωχικό τους δείπνο, άφηναν την γριά να πάει στη γωνία για να κοιμηθεί σε μια κουρελού δίπλα στο αναμμένο τζάκι ενώ ο Άρης κάθονταν και μιλούσε με τις ώρες με την Αγγελική, που κρεμασμένη από τα χείλη του άκουγε τις «φανταστικές» ιστορίες που της έλεγε για άλλους κόσμους με... τεράστια σπίτια, με

[45]

διαστημικά ταξίδια και με μαύρα κουτιά μέσα από τα οποία ξεπηδούσαν χρωματιστές εικόνες από μέρη μακρινά....

Η Αγγελική με το πανέμορφο της πρόσωπο και τα τρυφερά της χείλη ήταν η μόνη παρηγοριά του Άρη και ζούσε για την στιγμή που θα την έβλεπε το βράδυ ή, όπως άρχισε πλέον όλο και πιο συχνά να συμβαίνει, για την στιγμή που αυτή θα τρύπωνε ξαφνικά μέσα στο κοτέτσι...Η λάγνα και συγχρόνως αθώα Αγγελική.

Οι φήμες που από μέρες τώρα κυκλοφορούσαν μεταξύ των γυναικών του χωριού έγιναν αληθινές. Ένα πρωινό οι Γερμανοί κομάντος πλησίασαν και περικύκλωσαν το χωριό.

Δυο θωρακισμένα τζιπ και καμιά εικοσαριά στρατιώτες έψαχναν για αντάρτες ή και για τυχόν πολεμοφόδια. Ευθυτενείς και σιδερόφρακτοι ξεκίνησαν τις έρευνες στα σπίτια του χωριού σπάζοντας πόρτες, αναποδογυρίζοντας έπιπλα και χαστουκίζοντας όποια γυναίκα είχε το θράσος να διαμαρτυρηθεί.

Ο Άρης μέσα από την κρυψώνα του έβραζε από θυμό ακούγοντας τις γερμανικές φωνές και τα κλάματα των παιδιών. Αισθανόταν ανήμπορος και αυτό τον τρέλαινε.

Όταν ένας στρατιώτης πλησίασε την κρυψώνα του ο Άρης δεν άντεξε. Χύμηξε σαν λυσσασμένος αίλουρος από πίσω και με μια δυναμική που ούτε ο ίδιος δεν ήξερε ότι έχει κατάφερε να τον στραγγαλίσει πετώντας στην συνέχεια το άψυχο κουφάρι μέσα στο κοτέτσι.

Τώρα ήταν οπλισμένος. Μπορούσε να υπερασπιστεί τον εαυτό του και τα γυναικόπαιδα του χωριού των σωτήρων του...

Έχοντας τελειώσει την έρευνα στα σπίτια, οι Γερμανοί συγκέντρωσαν τα γυναικόπαιδα στην υποτυπώδη πλατεία του χωριού. Με άγριες φωνές που κανένας δεν καταλάβαινε τι έλεγαν έδειξαν ότι θέλουν να πάρουν μαζί τους ως όμηρους όλα τα παιδιά του χωριού αλλά και κάποιες κοπέλες. Ανάμεσά τους και την Αγγελική.

Ο Άρης παρακολουθούσε σφίγγοντας τις γροθιές του ενώ μέσα του η καρδιά του πήγαινε να σπάσει.

Όταν ο επικεφαλής της ομάδας των κομάντο άρχισε να χτυπάει με τον υποκόπανο του όπλου του τις νεαρές γυναίκες ο Άρης θόλωσε. Τα κλάματα της Αγγελικής τον εξαγρίωσαν. Τα πάντα γύρω του έσβησαν και μεταμορφώθηκε σε άγριο θηρίο.

Ο Κύκλος του Δαχτυλιδιού

Βγαίνοντας απότομα από το κοτέτσι άρχισε θολωμένος να τρέχει προς την πλατεία πυροβολώντας ταυτόχρονα προς το κέντρο της ομάδας των στρατιωτών.

Οι απώλειές των Γερμανών από αυτή τη βροχή σφαιρών ήταν μεγάλες καθώς τόσο ή έκπληξη όσο και χαλαρότητα λόγω της σιγουριάς στην οποία βρίσκονταν, δεν τους επέτρεψε να αντιδράσουν άμεσα και στρατιωτικά. Μέχρι να συνέλθουν και να αντιδράσουν έτσι όπως είχαν εκπαιδευθεί, ο Άρης είχε ήδη σκοτώσει τους περισσότερους και τώρα άρχισε να ρίχνει τις περίεργες Γερμανικές χειροβομβίδες που κρατούσε προς τα οχήματά τους. Μέσα στην παραζάλη του το μόνο που σκεφτόταν ήταν ότι δεν ήθελε να του πάρουν την Αγγελική. Την αγαπούσε και θα την προστάτευε μέχρι θανάτου.

Η σφαίρα τον βρήκε στο κεφάλι. Δεν πρόλαβε ούτε να το συνειδητοποιήσει. Πέθανε με την εικόνα της Αγγελικής καρφωμένη στον εγκέφαλό του.

Θεσσαλονίκη, χειμώνας του 2010.

Ο Μάρκος για μια ακόμη φορά έβαλε τα κλάματα. Καθισμένος στην αγαπημένη του πολυθρόνα και έχοντας ήδη πιει ένα ολόκληρο μπουκάλι κρασί άφησε τους λυγμούς του να εκτονωθούν.

Εδώ και αρκετούς μήνες δεν έκανε τίποτα άλλο από το να πίνει και να κλαίει κάθε βράδυ. Μόνος του. Παρέα μόνο με την ανάμνηση του μονάκριβου του γιου. Του Άρη. Του Άρη που πριν μερικούς μήνες εξαφανίσθηκε τελείως ξαφνικά και χωρίς να πει κουβέντα σε κανέναν. Χωρίς λόγο. Ο Μάρκος αισθάνονταν ένοχος. Μήπως έφταιγε αυτός; Κλαίγοντας αποκοιμήθηκε. Στην πολυθρόνα. Μόνος του...

Από μικρός είχε συνηθίσει στην μοναξιά. Η μητέρα του είχε πεθάνει όταν αυτός ήταν οκτώ χρονών. Πατέρα δεν είχε γνωρίσει παρά μόνο μέσα από τις γλαφυρές διηγήσεις της μητέρας του που κι αυτή όμως τον μπαμπά του τον Αρίσταρχο τον ήξερε ελάχιστα, μόνο για μερικές εβδομάδες. Δεν ήξερε καν από πού προερχόταν....

Παππούδες και γιαγιάδες δεν γνώρισε. Δεν τους πρόλαβε. Μετά τον πρόωρο θάνατο της μητέρας του τον φρόντισε για μερικά χρόνια η χήρα του θείου του Καπετάν Βοριά ή Μάρκου, αυτού που του είχαν δώσει και το όνομα. Όταν κι αυτή ξαναπαντρεύτηκε, ο Μάρκος πήγε στη Θεσσαλονίκη. Εκεί έφτιαξε τη ζωή του και εκεί γνώρισε την Κορίνα και παντρεύτηκαν. Και όταν το 1985 ήρθε στη ζωή τους ο Άρης, ο Μάρκος πίστεψε πως όλα πια θα είναι τέλεια. Η Κορίνα όμως πέθανε από επιπλοκές στη γέννα και έτσι ο Μάρκος σφίγγοντας τα δόντια αφοσιώθηκε στην ανατροφή του μονάκριβού του... του Άρη. Που τώρα χάθηκε... μάλλον για πάντα.

Ξύπνησε απότομα και αμέσως έτρεξε προς το αποθηκάκι όπου οι εικόνες που είχε δει στο όνειρο τον κατεύθυναν. Άνοιξε με δύναμη την πόρτα και άρχισε να πετάει δεξιά και αριστερά τις χάρτινες κούτες με τα διάφορα άχρηστα αντικείμενα που βρίσκονταν εκεί.

Ώσπου το είδε. Έτσι όπως και στο όνειρο. Ένα μικρό ξύλινο κουτάκι. Ένα κουτάκι που δεν το είχε ανοίξει ποτέ. Που το είχε σχεδόν ξεχάσει. Που είχε ορκιστεί να ξεχάσει.

Ένα κουτάκι που του είχε δώσει κάποτε η μητέρα του και που ήταν το μοναδικό περιουσιακό στοιχείο που είχε φέρει από το Λαγκαδίκι όταν έφυγε στα δεκαεπτά του. Σχεδόν πενήντα χρόνια πριν.

Αισθάνθηκε ξαφνικά μια αγαλλίαση να τον κυριεύει. Το κράτησε στα χέρια του γνωρίζοντας αυτό που θα έβρισκε μέσα. Χαμογέλασε νευρικά.

Το άνοιξε σιγά σιγά με χέρια τρεμάμενα και με τα μηνίγγια του να σπάνε. Βλέποντας το περιεχόμενο ξέσπασε σε γέλια...και μετά σε κλάμα.

Είμαι στα αλήθεια μόνος σε αυτόν τον κόσμο σκέφτηκε, ενώ προσπαθούσε έντρομος να βάλει τις τρελές σκέψεις που τον έζωναν από παντού σε τάξη. Δεν μπόρεσε. Ο κόσμος γύρω του έσβησε.

Έπεσε στο πάτωμα λιπόθυμος, και η παλιά κιτρινισμένη φωτογραφία του γιου του... του Άρη του... έπεσε από τα χέρια του. Μαζί με το δαχτυλίδι που του είχε χαρίσει πριν από μερικές εβδομάδες...

Του κύκλου τα γυρίσματα...

Χρυσαυγή. Επαρχία Λαγκαδά. Μάιος του 1923.

Η μαγεία της πλάσης είχε κάνει και πάλι την εμφάνισή της εδώ και κάμποσες ημέρες στους καταπράσινους λόφους γύρω από το μικρό χωριό. Η μητέρα φύση ήταν για μια ακόμη φορά πιστή στο ραντεβού της και ντυμένη στα καλύτερά της. Σαν να γιόρταζε και να είχε βάλει τα κυριακάτικα, τα πλουμιστά της ρούχα.

Τα δένδρα, τα πουλιά, οι μέλισσες, τα ζώα... ακόμα και οι μίζεροι θάμνοι που έζωναν το τοπίο από παντού έδειχναν

[53]

να συμμετέχουν σε αυτή τη γιορτή. Ο ήλιος έλαμπε κι αυτός μεγαλοπρεπής. Κυρίαρχος των πάντων. Αρχηγός.

Όπως πάντα συνέβαινε από την απαρχή του κόσμου έτσι και φέτος, ο χειμώνας είχε φύγει κυνηγημένος και στην θέση του εμφανίσθηκε η ... ευτυχία, εμφανίσθηκε η άνοιξη. Αναγέννηση! Θαύμα! Σαν κάτι το μαγικό και το ανεξήγητο. Ο αέναος ευλογημένος κύκλος της ζωής για μια φορά ακόμη ανταποκρίθηκε στο αιώνιο καθήκον του. Πιστός στο ραντεβού του με τον άνθρωπο και με την φύση. Με ολόκληρο τον πλανήτη. Κάλεσμα ζωής...

Ο Αρίστος δεν μπορούσε να κρύψει την χαρά του. Ξαπλωμένος κάτω από την παχιά σκιά ενός τεράστιου αρχαίου δένδρου σφύριζε το αγαπημένο του τραγούδι και κάθε τόσο χασκογελούσε.

Αισθάνονταν σαν μικρό παιδάκι, ελεύθερος...

Μικρές δόσεις αδρεναλίνης τον κυρίευαν κάθε λίγο και λιγάκι και τον έστελναν μακριά... σε άλλους κόσμους. Καλύτερους κόσμους. Κόσμους ευδαιμονίας.

Τέντωσε το κορμί του στο παχύ χορτάρι και έβγαλε από το υφασμάτινο σακούλι που είχε μαζί του μια τεράστια μποτίλια γεμάτη αγνό κόκκινο κρασί. Το ρούφηξε με ηδονή ενώ πιο πέρα έβλεπε τα πρόβατά του να τριγυρνούν

[54]

αμέριμνα μασουλώντας το άφθονο γρασίδι που η φύση της υπαίθρου απλόχερα μοίραζε.

Άπλωσε το χέρι του και χάιδεψε το μαλλιαρό σβέρκο του καλού του φίλου. Ο Ντούτσε, το πελώριο ασπρόμαυρο τσομπανόσκυλο, μισοναρκωμένος κι αυτός από την απόλυτη αγαλλίαση του όλου περιβάλλοντος σιγογρύλλισε ικανοποιημένος...

Η χαρά του Αρίστου γινόταν ακόμα μεγαλύτερη όταν σκεφτόταν την Μαρία. Την δεκαοκτάχρονη αρραβωνιαστικιά του που σε λίγες μέρες θα γινόταν επιτέλους γυναίκα του.

Τρία χρόνια την πολιορκούσε χωρίς όμως καμία ανταπόκριση από μέρους της. Μόλις πριν μερικούς μήνες μάλιστα σκέφτηκε να τα παρατήσει οριστικά καθώς η Μαρία έδειχνε παγερά αδιάφορη στις επανειλημμένες εκκλήσεις του.

Ο Αρίστος είχε αρχίσει να αμφιβάλλει για την ευτυχή κατάληξη των απεγνωσμένων προσπαθειών του.

Ώσπου ξαφνικά μια μέρα του Απρίλη, σαν από το πουθενά, η Μαρία αποφάσισε να ενδώσει στην επιμονή του.

Τρία χρόνια μαρτυρίου έφθασαν ξαφνικά και αναπάντεχα στο τέλος τους. Μαζί με τα χιόνια έφυγαν και οι όποιοι

Του κύκλου τα γυρίσματα...

δισταγμοί της αγαπημένης του. Ήταν να μην λατρεύει ο Αρίστος την άνοιξη;

Χαμογέλασε. Σε λίγες μόνο μέρες και μετά από το τεράστιο πανηγύρι που θα συνόδευε τον γάμο τους, το λαστιχένιο της κορμί, που μόνο στη φαντασία του γνώριζε, θα γίνονταν δικό του. Για πάντα.

Με αυτήν την ανομολόγητη σκέψη στο μυαλό άδειασε με μιας την μποτίλια μέσα του και ένιωσε τα στήθη του ηδονικά να καίνε. Έκλεισε τα μάτια του και αποκοιμήθηκε. Χαμογελώντας...

Τα όνειρά του ήταν απαίσια. Βασανιστικά. Σιχαμεροί δαίμονες με μορφή δράκων τον κυνηγούσαν με μανία σε ένα τοπίο ζοφερό και απόκοσμο. Κατάξερα μυτερά βράχια μέσα σε μια κατακόκκινη σαν αίμα έρημο ήταν το περιβάλλον της δοκιμασίας του.

Μάταια προσπαθούσε να ξεφύγει τρέχοντας με όλη του τη δύναμη και ψάχνοντας για κάποιο καταφύγιο. Τίποτα...

Παντού τον περιτριγύριζαν τεράστιες φωτιές που έμοιαζαν ζωντανές και έκαιγαν ασταμάτητα. Και οι δαίμονες παντού. Δεκάδες από δαύτους συνεχώς κοντά του. Με όψη διαβολική και δέρμα γλοιώδες.

Χωροχρονικό Ασυνεχές

Ο Αρίστος έτρεχε, αλλά οι δράκοι φαίνονταν να ξέρουν πάντα προς τα πού θα κατευθυνθεί. Και τον πρόφταιναν. Ήταν μονίμως περικυκλωμένος. Άγρια ουρλιαχτά δονούσαν τα αφτιά του. Ο ουρανός ήταν κατάμαυρος. Σαν να μην υπήρχε καν. Κόλαση.

Κρύος ιδρώτας τον έλουζε ολόκληρο. Έπεσε στο παγωμένο έδαφος και έκλεισε τα μάτια του. Άρχισε να προσεύχεται. Άρχισε να κλαίει.

Οι δαίμονες τώρα ήταν από πάνω του. Ο θάνατος ήταν κοντά, και ο Αρίστος άρχισε να πιστεύει πως μάλλον θα του ήταν λύτρωση.

Οι βδελυροί δράκοι ετοιμάστηκαν για την τελική επίθεση. Τα απαίσια κιτρινισμένα και κοφτερά σαν λάμες δόντια τους κροτάλιζαν με μανία. Ο θόρυβος που έκαναν ήταν τρομακτικός.

Τσάκα τσάκα τσάκα....... Το κεφάλι του Αρίστου πήγαινε να σπάσει. Και ξαφνικά ο ήχος του κροταλίσματος των δοντιών μεταλλάχτηκε. Έγινε ένας απαίσιος... μεταλλικός θόρυβος που γέμισε το κεφάλι του. Το αποκορύφωμα των βασανιστηρίων του.

Παρακάλεσε τον θεό ο θάνατος του να είναι γρήγορος. Όμως οι δαίμονες τρομαγμένοι και αυτοί από τον νέο και ισχυρότερο αυτό θόρυβο τράπηκαν σε άτακτη φυγή. Ο

Του κύκλου τα γυρίσματα...

δυσάρεστος αυτός ορυμαγδός τον έσωσε από δαύτους. Ο Αρίστος άνοιξε τα μάτια του. Με μεγάλη ανακούφιση διαπίστωσε ότι όλα ήταν ένα όνειρο ή μάλλον ένας αποκρουστικός εφιάλτης.

Τα πρόβατα συνέχιζαν να βοσκούν αμέριμνα, ο ήλιος συνέχιζε να λάμπει επιβλητικά και ο Ντούτσε παρέμενε, αν και λίγο ανήσυχος, σταθερά στο πλευρό του.

Μάλλον θα έφταιγε το κρασί σκέφτηκε προσπαθώντας να ανασηκωθεί.

Ο σιδερένιος όμως θόρυβος που συνόδευε τον εφιάλτη του συνέχισε να ακούγεται. Και να πλησιάζει.

Ο Αρίστος τρόμαξε. Σε όλα τα εικοσιπέντε του χρόνια δεν είχε ξανακούσει τέτοιον απαίσιο ήχο. Σαν να χτυπάνε χιλιάδες τσίγκινες κατσαρόλες στον ουρανό σκέφτηκε. Και τότε το είδε να έρχεται προς το μέρος του.

Στην αρχή δεν πολυανησύχησε. Το παρακολουθούσε ενεός.

Έμοιαζε απλά με ένα μεγαλούτσικο ασημένιο τζιτζίκι ψηλά στον ουρανό. Όσο όμως τον πλησίαζε τόσο μεγάλωνε και κάλυπτε με τον σιδερένιο του όγκο τον ορίζοντα.

Μια τεράστια πανάσχημη μεταλλική ακρίδα με απλωμένα μακριά πλοκάμια που στροβιλίζονταν γύρω γύρω σπέρνοντας παντού τον δυσάρεστο εκείνο θόρυβο.

Σαν χαλασμένος ανεμόμυλος σκέφτηκε. Πάγωσε από τον φόβο. Τον τρόμο του συνόδευσε και μια δύσπνοια. Του 'ρθε να κάνει εμετό. Μάταια...

Μέσα σε λίγα λεπτά το απόκοσμο αυτό τέρας ήρθε και αιωρήθηκε πάνω από το κεφάλι του. Γιγάντια κύματα αέρος λύγιζαν το χόρτο αλλά και τις φυλλωσιές των δένδρων γύρω του ξεριζώνοντας μάλιστα και κάποιους θάμνους. Ήταν σαν μια ισχυρή καταιγίδα που όμοιά της δεν ξανάδε... αλλά μόνο πάνω από το σημείο που βρίσκονταν ο Αρίστος.

Καμία όμως καταιγίδα δεν συνοδεύονταν από τέτοιο δυνατό θόρυβο.

Ο Ντούτσε με κατεβασμένα τα αφτιά και την ουρά χωμένη στα σκέλια άρχισε να τρέχει κλαψουρίζοντας προς το χωριό.

Ο Αρίστος είχε τώρα κυριολεκτικά παραλύσει από τον φόβο του. Παρά τις προσπάθειες του δεν μπορούσε να κουνηθεί. Ένιωσε ένα πόνο σαν τρύπημα να του γεμίζει το στήθος και μια ξαφνική υγρή δροσιά να κυριεύει το εσωτερικό του κεφαλιού του.

Η καρδιά του που χτυπούσε μανιωδώς προσπαθώντας να δραπετεύσει από τα στήθη του δεν μπόρεσε να αντέξει. Κατέρρευσε.

Του κύκλου τα γυρίσματα...

Ο Αρίστος πέθανε από αυτό που αν υπήρχε στην εποχή του ιατροδικαστής θα ονόμαζε «οξύ έμφραγμα του μυοκαρδίου οφειλόμενο σε συγκινησιακή υπερφόρτιση».

Αεροδρόμιο Θεσσαλονίκης, Μάιος του 2008.

Ο Γιώργος έκανε έναν τελευταίο έλεγχο γύρω από το ολοκαίνουργιο ελικόπτερο. Ένα πανέμορφο πενταθέσιο αριστούργημα τύπου R-44.

Ήταν ο λεγόμενος έλεγχος walkaround, που σκοπό είχε να εντοπιστούν τυχόν ξεχασμένα καλώδια, ανοιχτές καλύπτρες κλπ.

Είχε ήδη υποβάλλει το σχέδιο πτήσης στον πύργο ελέγχου, είχε τελειώσει τις απαραίτητες διατυπώσεις στον Αερολιμενικό Έλεγχο, και σε λίγα λεπτά θα ξεκινούσε την πτήση του. Μια απλή τοπική πτήση ρουτίνας που δεν θα διαρκούσε πάνω από τριάντα περίπου λεπτά.

Κάποιος βιομήχανος είχε ναυλώσει το αεροσκάφος με σκοπό να κάνει μια βόλτα πάνω από το εργοστάσιό του σε ένα χωριό στην περιοχή του Λαγκαδά, και να βγάλει μερικές φωτογραφίες προκειμένου να του χρησιμεύσουν στα σχέδια επέκτασης της μονάδας που ετοίμαζε.

Χωροχρονικό Ασυνεχές

Για τον Γιώργο ήταν ένα ακόμη πανεύκολο μεροκάματο, και τα χρήματα που θα έπαιρνε του ήταν παραπάνω από απαραίτητα. Θα παντρεύονταν σε έναν μήνα και τα έξοδα τον περικύκλωναν από παντού.

Σκεπτόμενος τον επικείμενο γάμο του, αλλά και τον προορισμό της σημερινής του πτήσης χαμογέλασε. Θυμήθηκε τα λόγια της γιαγιάς του της Μαρίας, που λίγες ημέρες πριν πεθάνει και μέσα στο παραλήρημα του πυρετού της του εξομολογήθηκε μια ιστορία αλλόκοτη. Ο Γιώργος δεν την είχε πολυπιστέψει, αλλά του φάνηκε αρκετά ενδιαφέρουσα. Με φιλοσοφικές προεκτάσεις...

Ούτε λίγο ούτε πολύ, η γιαγιά του στο νεκροκρέβατό της του είπε ότι αν και ο αγαπημένος της εγγονός, δεν θα υπήρχε στον κόσμο ούτε αυτός αλλά ούτε και ο πατέρας του αν δεν της συνέβαινε κάποτε κάτι το τραγικό και συνάμα ανεξήγητο. Κάτι που κρατούσε μέσα της και που την απασχολούσε για δεκαετίες.

Λίγες μόνον ημέρες πριν από τον γάμο της με κάποιο παλικάρι του χωριού, αυτό βρέθηκε νεκρό δίπλα στο κοπάδι του. Κανένας δεν ήξερε τι του συνέβη. Δεν είχε τραύματα επάνω στο κορμί του αλλά ούτε και είχε αρρωστήσει ποτέ. Μυστήριο ανεξήγητο ο θάνατός του.

[61]

Μοναδικός μάρτυρας ήταν ο σκύλος του, που είχε τρέξει να κρυφτεί στο σπίτι του στο χωριό.

Μάλλον λύκοι θα τον τρόμαξαν και πέθανε από το φόβο του ήταν το πόρισμα των συγχωριανών κρίνοντας και από τον σκύλο ο οποίος δεν ξεμυτούσε πλέον από το σπιτάκι του.

Και έτσι η γιαγιά του η Μαρία τελικά παντρεύτηκε κάποιον άλλον, τον παππού του Γιώργου, και γέννησε τον πατέρα του τον Σωκράτη, και έτσι λοιπόν γεννήθηκε κι' αυτός. Η ύπαρξή του δηλαδή οφειλόταν σε έναν ανεξήγητο θάνατο κάποιου άσχετου τσομπάνη πολλά χρόνια πριν...

Τι σου είναι η ζωή σκέφτηκε ο Γιώργος χαμογελώντας, ενώ έδενε επιμελώς τις τετραπλές ζώνες ασφαλείας στο κάθισμα του ελικοπτέρου.

«Ground το SX-HHH δηλώνω good and ready. Request permission for direct take off from stand number two and I also request heading 350 degrees over the lakes. No intention to land today. »

«Roger Sierra triple hotel, you are clear to take off. Report over Laga point. Weather as you know is cavokey. If you intend to land anyway, please contact us via telephone. »

Χωροχρονικό Ασυνεχές

«Ελήφθη ΜΑΚΕΔΟΝΙΑ, θα αναφέρω στις λίμνες αρχικά και εν συνεχεία στο Laga Point. Δεν θα προσγειωθώ. Διαθέτω καύσιμα για πτήση 50 λεπτών συνολικά.»

Το ασημένιο ελικόπτερο ξεκίνησε με μεγαλοπρέπεια την άνοδό του σκίζοντας τον αέρα με τα τεράστια πτερύγια του στροφείου του.

Ο Γιώργος με γρήγορες, σταθερές και μεθοδικές κινήσεις κατάφερε μέσα σε λίγα λεπτά απομακρυνόμενος από το αεροδρόμιο να φθάσει τα 6.000 πόδια ύψος και σημαδεύοντας προς το βουνό Χορτιάτη που θα έπρεπε να υπερσκελίσει προκειμένου να βρεθεί στον κάμπο του Λαγκαδά άναψε τσιγάρο.

Ο επιβάτης του φαινόταν νευρικός. Ελπίζω να μη μου γεμίσει τα καθίσματα με κανένα εμετό σκέφτηκε ο Γιώργος και αμέσως μείωσε την ταχύτητά του φροντίζοντας να εξαφανίσει και τυχόν απρόβλεπτους κραδασμούς.

Ο καιρός ήταν καλός, και αφού θα έκανε μια διέλευση επάνω από το εργοστάσιο του πελάτη του θα φρόντιζε να αιωρηθεί για ένα δυο λεπτά προκειμένου ο τύπος να βγάλει τις φωτογραφίες που ήθελε.

Περνώντας επάνω από την κορυφή του Χορτιάτη που χώριζε την περιοχή στα δύο είδε στο βάθος τις λίμνες του

Του κύκλου τα γυρίσματα...

Λαγκαδά. Αναστέναξε από θλίψη καθώς διαπίστωσε για μια ακόμη φορά την συνεχιζόμενη εδώ και χρόνια σμίκρυνση τους από την παντελή έλλειψη νερού.

Από τότε που είχε αρχίσει να πετάει εδώ και αρκετό καιρό, χρόνο με το χρόνο έβλεπε την συνεχή καταστροφή των λιμνών. Η γιαγιά του που είχε μεγαλώσει στην περιοχή του θύμιζε συνεχώς πως το χωριό τους κάποτε διέθετε αρκετούς ψαράδες και πως τα γριβάδια που ψάρευαν ήταν βασική τροφή για τους χωρικούς.

Σαν ψέματα σκέφτηκε ο Γιώργος βλέποντας την τωρινή κατάντια των λιμνών που όχι ψάρια, αλλά ούτε καν βατράχια δεν θα ήταν ικανές να συντηρήσουν.

Τις σκέψεις του διέκοψε η ξαφνική εμφάνιση ενός αρκετά μεγάλου κατάμαυρου σύννεφου τύπου cumulus ακριβώς στην περιοχή που ο Γιώργος σκόπευε να πάει. Ελάχιστα βορειοδυτικά του χωριού Χρυσαυγή. Εκεί που ήταν και το εργοστάσιο του επιβάτη του.

Ο Γιώργος παραξενεύτηκε. Δεν είχε ξαναδεί τέτοιο σύννεφο και μάλιστα σε ένα καταγάλανο από άκρη σε άκρη ουρανό. Έψαξε τα χαρτιά του και βρήκε το τελευταίο μετεωρολογικό δελτίο που είχε πάρει από το αεροδρόμιο μόλις πριν από είκοσι λεπτά. Καμία πρόβλεψη για

Χωροχρονικό Ασυνεχές

οποιαδήποτε νέφωση στην ευρύτερη περιοχή. Έπιασε το μικρόφωνο.

«ΜΑΚΕΔΟΝΙΑ το SX-HHH. Έχετε καμία ενημέρωση για καταιγίδα ή οτιδήποτε έκτακτο καιρικό φαινόμενο στην περιοχή Λαγκαδά;»

«SX-HHH wait one.... Αρνητικό. Clear weather all around. Cavokey. 23 celsius wind άπνοια.»

«Ελήφθη ΜΑΚΕΔΟΝΙΑ. Ευχαριστώ. Θα αναφέρω επιστρέφοντας.»

«Roger Sierra Hotel. Αναμένουμε.»

Με κάποιες ελαφρές κινήσεις ο Γιώργος προσπάθησε να παρακάμψει το βλοσυρό σύννεφο αλλά μάταια. Όπου κι αν σημάδευε αυτό κατάφερνε να βρίσκεται μπροστά του, μπλοκάροντας την πορεία του.

Ανάθεμά σε μουρμούρισε συγχυσμένος και βλέποντας με την άκρη του ματιού του τον δείκτη των καυσίμων να

[65]

κατεβαίνει αποφάσισε να το διασχίσει περνώντας από μέσα του. Δεν φαινόταν άλλωστε και πολύ μεγάλο σε μήκος.

Σημάδεψε το ελικόπτερο προς το κάθετο σύννεφο και ανεβάζοντας στροφές στον πανίσχυρο κινητήρα βρέθηκε γρήγορα στο εσωτερικό του. Για μερικά δευτερόλεπτα όλα γύρω τους σκοτείνιασαν. Μαυρίλα. Ακόμα και τα άπειρα πολύχρωμα φωτάκια στον πίνακα οργάνων του αεροσκάφους έσβησαν. Ο κινητήρας λειτουργούσε περίφημα αλλά παντού...σκοτάδι.

Σε δευτερόλεπτα το ελικόπτερο βρέθηκε και πάλι έξω από το σύννεφο και όλα ξανά έμοιαζαν φυσιολογικά. Ο Γιώργος παραξενεμένος έστριψε το κεφάλι του προς τα πίσω να δει το νέφος που μόλις είχε διασχίσει αλλά αυτό δεν φαινόταν πουθενά. Ο ουρανός ήταν παντού καθαρός και καταγάλανος.

Τι στο διάολο σκέφτηκε και συγκεντρώθηκε ξανά στα διαδικαστικά της πτήσης.

«Δεν το βλέπω, τι έγινε χαθήκαμε»;

Η φωνή του επιβάτη του διέκοψε την συγκέντρωση του Γιώργου που και αυτός με καρφωμένο το βλέμμα στο βάθος του ορίζοντα αναρωτιόταν για ποιο λόγο δεν μπορούσε να διακρίνει το εργοστάσιο που φυσιολογικά θα έπρεπε να βρίσκεται εμφανέστατο στην πλαγιά του λόφου που με σταθερή ταχύτητα πλησίαζαν. Αριστερά στο βάθος έβλεπε το χωριό Χρυσαυγή, εκεί που έπρεπε να βρίσκεται, αλλά το εργοστάσιο πουθενά. Όπως πουθενά δεν μπορούσε να διακρίνει ασφάλτινους δρόμους, καλώδια της ΔΕΗ, αυτοκίνητα....

Κοίταξε την πυξίδα και βεβαιώθηκε ότι βρίσκονται στο σωστό μέρος. Η πλαγιά του λόφου πλησίαζε κανονικά αλλά αντί για βιομηχανική μονάδα το μόνο που διέκρινε ήταν ένα κοπάδι από πρόβατα που βοσκούσαν αμέριμνα. Άρπαξε το μικρόφωνο και με τρεμάμενη φωνή απευθύνθηκε στον Πύργο Ελέγχου της Θεσσαλονίκης

«ΜΑΚΕΔΟΝΙΑ το ΗΗΗ, παρακαλώ κάντε ένα τσεκ με vectoring. Έχετε το στίγμα μου;»

Σιωπή. Απάντηση καμία. Μόνο κάποια στατικά παράσιτα από τα ηχεία του ελικοπτέρου.

«ΜΑΚΕΔΟΝΙΑ ακούτε το ΗΗΗ; Ακούει το ΜΑΚΕΔΟΝΙΑ;»

Και πάλι σιωπή. Ο Γιώργος φανερά ανήσυχος άρχισε να παίζει με τον διακόπτη των συχνοτήτων. Δοκιμάζοντας τόσο τις διαθέσιμες πολιτικές όσο και τις στρατιωτικές συχνότητες του ασυρμάτου δεν μπόρεσε πετύχει κάποια επαφή. Παντού ο θόρυβος των παρασίτων ήταν κυρίαρχος. Κοιτάζοντας μπροστά προς την καταπράσινη πλαγιά που τώρα ήταν σχεδόν από κάτω τους ο Γιώργος διέκρινε έναν μισοξαπλωμένο άνδρα κοντά στο κοπάδι.

«Θα το προσγειώσω να μάθω τι στο διάολο γίνεται», είπε στον επιβάτη του.

Αυτός αντί για απάντηση του έδειξε με το χέρι τον άνδρα που με μια τραμιτζάνα δίπλα του έριξε το κεφάλι του προς τα πίσω σαν να λιποθύμησε. Ένας τεράστιος σκύλος άρχισε να τρέχει.

«Ο Αλβανός θα παραήπιε μάλλον», είπε ο Γιώργος, και άλλαξε γνώμη για την προσγείωση.

Ξαφνικά ένα τεράστιο τράνταγμα συγκλόνισε το ελικόπτερο που φάνηκε έτοιμο να διαλυθεί. Ταυτόχρονα άρχισαν να ακούγονται φωνές στην συχνότητα.

«SX-HHH do you read? MAKEDONIA airport is calling. Please acknowledge. If you read us please acknowledge. Over.»

«Roger MAKEDONIA. SX-HHH εδώ, σας είχα χάσει για τρία περίπου λεπτά. Σας λαμβάνω καθαρά τώρα. Position 4 χιλιόμετρα βορειοδυτικά του Λαγκαδά. Over.»

«SX-HHH τι τρία λεπτά; Προσπαθούμε να σας πιάσουμε για σαράντα περίπου λεπτά. Βάσει του σχεδίου σας δεν έπρεπε να προσγειωθείτε πουθενά. Μας ανησυχήσατε. Σκεπτόμασταν να δηλώσουμε emergency.»

«MAKEDONIA tower εμείς δεν, επαναλαμβάνω ΔΕΝ προσγειωθήκαμε. Τρία λεπτά μόνο χάσαμε επαφή ασυρμάτου μαζί σας. Τώρα είμαστε OK.»

«Θα τα πούμε με την επιστροφή σας στο έδαφος. Ελεύθεροι για πορεία 160 μοίρες και αναφέρετε μετά τον Χορτιάτη. Καθαρός καιρός και η ώρα 13:42 τοπική.»

«Ελήφθη ΜΑΚΕΔΟΝΙΑ... επιστρέφω...»

Ο Γιώργος ήταν ανήσυχος. Όχι μόνο γιατί μάλλον χαθήκανε αναίτια και ο επιβάτης του δεν μπόρεσε να πετύχει το σκοπό του να φωτογραφήσει το εργοστάσιο, αλλά κυρίως διότι βλέποντας τόσο το ρολόι στον καρπό

Του κύκλου τα γυρίσματα...

του όσο και αυτό του ελικοπτέρου κατάλαβε ότι κάτι δεν πήγαινε καλά. Η μόνη ελπίδα του ήταν να είχαν χαλάσει και τα δυο ρολόγια συγχρόνως. Με ύφος δήθεν αμέριμνο απευθύνθηκε στον επιβάτη του που μάλλον ήταν ακόμη σαστισμένος.

«Εσείς τι ώρα έχετε παρακαλώ»;

«Με το ρολόι μου η ώρα είναι μια και τρία λεπτά και στο κινητό μου δείχνει 13:05. Είμαστε εντάξει από καύσιμα ή να ανησυχώ»;

Ο Γιώργος με δυσκολία προσποιήθηκε τον ψύχραιμο. Το μόνο που δεν τον απασχολούσε ήταν τα καύσιμα.

«Μια χαρά είμαστε. Κανένα πρόβλημα»...

Ο Γιώργος κιτρίνισε. Προσπαθώντας να δείξει ψύχραιμος συγκεντρώθηκε στην πτήση παίζοντας με τα κουμπάκια της οροφής. Μέσα του όμως έβραζε. Χιλιάδες σκέψεις περνούσαν από το μυαλό του. Ακόμα και η εικόνα της γιαγιάς του, που τόσο τον αγαπούσε.

Εν Τούτω Νίκα (;)

Ο ήλιος έλαμπε εκθαμβωτικά καθώς οι χρυσαφένιες ακτίνες του έλουζαν με περίσσιο ανοιξιάτικο φως, δίνοντας χρώμα και ζωντάνια στα μονότονα κτίρια και τις εγκαταστάσεις του Διεθνούς Αερολιμένα των Αθηνών «Ελευθέριος Βενιζέλος».

Η ζωοφόρος ακτινοβολία του ήταν διάχυτη όχι μόνο επάνω στο αυστηρό περιβάλλον αλλά ακόμα και βαθιά μέσα στις καρδιές των ανθρώπων του αεροδρομίου.

Ήταν Μάιος του 2009, και η γλυκιά άνοιξη λες και συνωμοτούσε με κάποιες άλλες άγνωστες μα θεϊκές, αόρατες δυνάμεις, έτσι ώστε τα πάντα να μοσχοβολούν, να μυρίζουν φρεσκάδα... να μυρίζουν ζωή!!!

[73]

Εν Τούτω Νίκα (;)

«Athens tower, this is Olympic 901, we are ready for take-off...»

«Roger Olympic 901, when ready, clear for take-off runway 32. Wind 5 knots, 48 degrees. QNH 15. Cavokey. Initially climb 3000 feet and maintain traffic altitude, enter Golf-12 and after Skopelos attain heading 340 and contact MAKEDONIA Radar frequency 221.1. Squawk 271. Καλή πτήση».

«Roger Αθήνα, confirm 3000 feet and will maintain traffic altitude. Golf-12 and squawk 271. Olympic 901, Ευχαριστούμε.»

Το ολοκαίνουργιο και αστραφτερό αεροπλάνο τύπου AB/380 με το όνομα «Μέγας Κωνσταντίνος» της Ολυμπιακής Αεροπορίας γυάλιζε κι αυτό στον πρωινό ανοιξιάτικο ήλιο καθώς άρχιζε την επιτάχυνση του στον διάδρομο απογείωσης.

Ήταν το πιο πρόσφατο απόκτημα της Ολυμπιακής. Το καμάρι της.

Χωροχρονικό Ασυνεχές

Ένα σύγχρονο τεχνολογικό διαμάντι, που οι πανίσχυροι στροβιλοκινητήρες του της Pratt & Whitney, χωρίς καμία δυσκολία και σχεδόν αθόρυβα το έσπρωξαν με δύναμη προς τα εμπρός. Η τεράστια ώση που τα χιλιάδες άλογα των μηχανών του μπορούσαν και πετύχαιναν ήταν εξωπραγματική.

Σε λίγα μόνο δευτερόλεπτα και αφού είχε διασχίσει τα μισά περίπου του συνολικού μήκους του διαδρόμου, το πανέμορφο γυαλιστερό αεροσκάφος παρά το μεγάλο βάρος του υψώθηκε με απόλυτη χάρη στον καταγάλανο Αττικό ουρανό. Και έγινε ένα μ' αυτόν. Σαν ένας περήφανος αετός.

Οι ακτίνες του ήλιου λαμπύριζαν επάνω στις αστραφτερές του πτέρυγες. Χάρμα ιδέσθαι.

Οι καιρικές συνθήκες ήταν τέλειες. Ένα ακόμη ταξίδι ρουτίνας στη διαδρομή Αθήνας- Θεσσαλονίκης για το πλήρωμά του. Τον κυβερνήτη Μάρκο Κατσάνη και τον νεαρό συγκυβερνήτη του Άρη Χριστούλια.

«Olympic 901, απογείωση 09:16. Report over Skopelos point. Αντίο σας»

«Ελήφθη Αθήνα. Thank you. Τα ξαναλέμε…»

Εν Τούτω Νίκα (;)

«Όλα πάνε καλά», σκέφτηκε ο Μάρκος καθώς έβλεπε τις εγκαταστάσεις του αεροδρομίου να χάνονται σιγά σιγά και το αεροπλάνο του να κερδίζει όλο και περισσότερο ύψος και να γίνεται ένα με τον απέραντο ουρανό. Τον ίδιο τον ουρανό που από μικρός είχε βαλθεί να κατακτήσει. Από τότε που σαν δεκάχρονο αγόρι ονειρευόταν πως ήταν πουλί...

«Κάπτεν να βάλω τον αυτόματο και να ανάψουμε τσιγάρο;» Η φωνή του Άρη διέκοψε απότομα την ονειροπόλησή του.

«Αυτό λέω και 'γώ. Θα το ξαναπάρουμε στο ΜΑΚΕΔΟΝΙΑ. Θα το κατεβάσεις εσύ σήμερα, εντάξει;»

«Yes Sir» απάντησε ο Άρης, προσπαθώντας μάταια να κρύψει τη χαρά του.

Οι δυο πιλότοι χαλάρωσαν. Το ένα από τα δυο κρίσιμα και πλέον απαιτητικά κομμάτια της πτήσης, που είναι η απογείωση, είχε ολοκληρωθεί επιτυχώς. Το άλλο, που είναι η προσγείωση, θα το αντιμετώπιζαν αργότερα.

Προς το παρόν μπορούσαν να ηρεμήσουν. Γνώριζαν πολύ καλά πως η όλη διαδικασία της πτήσης είναι απόλυτα αυτοματοποιημένη, και η παρουσία τους στο cockpit συνίσταται στο να παίζουν απλά και μόνο το ρόλο του διαχειριστή των πολύπλοκων ηλεκτρονικών συστημάτων που στην κυριολεξία έχουν υπό τον πλήρη έλεγχό τους το αεροσκάφος.

Systems Managers. Τίποτα περισσότερο και τίποτα λιγότερο...

Η υψηλή τεχνολογία των συστημάτων avionics αναλάμβανε πλήρως τα της πτήσης. Το συγκεκριμένο Airbus διέθετε μάλιστα και σύστημα PMS που το επέτρεπε να ελέγχει και να επιβλέπει μόνο του...τον εαυτό του.

Ο Μάρκος, αν και από χρόνια είχε αποδεχτεί τον κυρίαρχο ρόλο των ηλεκτρονικών υπολογιστών επάνω στο αεροπλάνο, εν τούτοις είχε ακόμα τις ανθρώπινες αμφιβολίες του. Τον εγωισμό του.

Στα αυτιά του αντηχούσε ακόμα η φράση που του είχε πει κάποτε ένας Αμερικανός μηχανικός της BOEING σε κάποιο από τα πολλά εκπαιδευτικά σεμινάρια που είχε παρακολουθήσει όταν ακόμη πετούσε στα 737 σαν συγκυβερνήτης. «Markos my friend, the human pilot is no longer necessary. He is redundant. We keep him on board for psychological reasons only. In fact, he is an obstacle to the flight...»

«Εμπόδιο στη πτήση...» Έτσι ακριβώς του είχε πει.

Εν Τούτω Νίκα (;)

Ο Μάρκος αναστέναξε...

Δεν μπορούσε να το χωνέψει, αν και εν πολλοίς το καταλάβαινε απόλυτα. Έκρυβε βαθιά μέσα του τον φόβο ότι η πλήρης αυτοματοποίηση θα οδηγούσε τελικά τον άνθρωπο-πιλότο στο περιθώριο. Υπηρέτη της μηχανής.

Ο ίδιος ανήκε στην παλιά σχολή. Αυτήν που είχε ως πεποίθηση ότι τον πρώτο και τελευταίο λόγο στη διακυβέρνηση του αεροπλάνου θα πρέπει να έχει ο άνθρωπος και όχι τα διάφορα ηλεκτρονικά κυκλώματα. Παρ' όλα αυτά, καθημερινά διαπίστωνε ότι οι νεότεροι συνάδελφοί του δεν μοιραζόντουσαν τις όποιες ανησυχίες του. Ήταν πιο προσαρμοσμένοι στη νέα κατάσταση... Και την χαίρονταν κιόλας.

«Go with the flow man...» σκέφτηκε και χαμογέλασε.

Έσπρωξε προς τα πίσω το κάθισμα και άφησε το βλέμμα του να πλανηθεί στα δεκάδες φωτάκια και στις πολύχρωμες LCD οθόνες που του έδειχναν όλα τα στοιχεία εκείνα που οι πανίσχυροι υπολογιστές του αεροσκάφους ήλεγχαν στην εντέλεια.

Όλα δούλευαν ρολόι, και η πορεία τους ήταν σταθερή. Καμία ατμοσφαιρική ανατάραξη και καμία τεχνική δυσλειτουργία.

Άναψε τσιγάρο και κοίταξε προς τα έξω. Όλα καλά. Ο ουρανός από κάτω ανέφελος και από επάνω σκούρος

Χωροχρονικό Ασυνεχές

γαλανός. Ο καιρός τέλειος. Πτήση ρουτίνας. Για μια ακόμη φορά...

Η μισή σχεδόν απόσταση είχε ήδη διανυθεί και σε λίγο ο αυτόματος πιλότος με μια ελαφρά και σχεδόν ανεπαίσθητη κλίση προς τα αριστερά θα τους έφερνε επάνω από την Σκόπελο. Εκεί υπήρχε το βασικό για την διαδρομή τους ραδιοβοήθημα.

Από εκείνο το σημείο και μετά θα άρχιζε και η σταδιακή κάθοδος προς το αεροδρόμιο της Θεσσαλονίκης.

Ο Μάρκος θυμήθηκε την πρώτη του προσγείωση στο ΜΑΚΕΔΟΝΙΑ πριν από 25 περίπου χρόνια. Τότε έτρεμε μη τυχόν και κάνει κάποιο λάθος.

Ο εκπαιδευτής που τον συνόδευε είχε τη φήμη του «κοψιματία».

Παρόλο το άγχος του όμως τα είχε καταφέρει περίφημα. Ήταν γεννημένος αεροπόρος.

«Σαν χθες», σκέφτηκε καθώς έσβησε το τσιγάρο και πάτησε το κουμπί που θα του επέτρεπε να μιλήσει με τους 250 επιβάτες που μετέφερε το αεροσκάφος.

250 «ψυχές», όπως έλεγαν και οι παλιοί...

Αυτό ήταν πάντα το αγαπημένο του μέρος της πτήσης. Η επαφή με τις ψυχές που κουβαλούσε. Ένιωθε το άγχος των επιβατών, το καταλάβαινε και συνέπασχε μαζί τους.

[79]

Πίστευε όμως ότι η φωνή του τους ηρεμούσε. Και έτσι ήταν. Ήταν καλός σ' αυτό.

«Κυρίες και κύριοι καλημέρα σας. Σας ομιλεί ο κυβερνήτης της πτήσης. Αυτή την ώρα πετάμε στα 30.000 πόδια και ο καιρός είναι καλός. Βρισκόμαστε περίπου επάνω από την Σκιάθο και στη συνέχεια θα κατεβούμε μερικές χιλιάδες πόδια για να ξεκινήσουμε την διαδικασία προσγείωσης στο αεροδρόμιο ΜΑΚΕΔΟΝΙΑ. Ο καιρός όπως μας αναφέρουν στη Θεσσαλονίκη είναι πολύ καλός και η θερμοκρασία γύρω στους 21 βαθμούς κελσίου. Σας ευχαριστώ εκ μέρους του πληρώματος και της Ολυμπιακής Αεροπορίας που επιλέξατε να πετάξετε μαζί μας.»

«Ladies and Gentlemen this is your Captain speaking. At this mom... !!!»

Τα λόγια του πάγωσαν στον αέρα καθώς τελείως ξαφνικά και μέσα από το πουθενά ένα αφύσικα παγωμένο σκοτάδι τύλιξε τα πάντα στην κρύα αγκαλιά του.

Ένα βαθύ μαύρο πέπλο κάλυψε το σύμπαν. Ένα απόλυτο και μοχθηρό σκότος.

[80]

Χωροχρονικό Ασυνεχές

Για μερικά δευτερόλεπτα τα μάτια του έχασαν κάθε επαφή με το περιβάλλον... Το ίδιο και ο νους του. Ο κόσμος εξαφανίσθηκε.

Μέσα στην μαυρίλα αισθάνθηκε μια ναυτία να τον κυριεύει. Του ήρθε να ξεράσει. Τα λόγια του δεν έβγαιναν. Είχε παραλύσει. Και τότε, εξίσου απότομα και αιφνιδιαστικά τα πάντα επανήλθαν στη φυσιολογική τους κατάσταση. Και μάλιστα πιο φωτεινά....

«Τι έγινε ρε Άρη, τι συμβαίνει;» ψέλλισε με τρεμάμενη φωνή.

«Δεν ξέρω Κάπτεν, έπαθα πλάκα. Για λίγο χάθηκα, σαν να λιποθύμησα.»

«Δεν λιποθύμησες. Σκοτείνιασε ξαφνικά. Φοβάμαι για καμιά αποσυμπίεση. Εκτός και αν... μήπως βλέπεις κανένα σύννεφο;»

Τα μάτια του συγκυβερνήτη σάρωσαν τον ουρανό προς κάθε κατεύθυνση.

«Αρνητικό. Όλα είναι καθαρά. Ούτε συννεφάκι στον ορίζοντα.»

[81]

Εν Τούτω Νίκα (;)

Το κουδούνι της συσκευής επικοινωνίας με την προϊσταμένη των αεροσυνοδών κτυπούσε μονότονα. Ο Μάρκος το άρπαξε.

«Ακούει ο θάλαμος, λέγε...»

«Κύριε Κατσάνη τι έγινε, οι επιβάτες τα έχουν παίξει. Είναι όλοι τρομοκρατημένοι... όπως και εγώ. Συνέβη κάτι;»

«Ηρέμησε τους Άντζι και ηρέμησε και εσύ. Δεν ξέρουμε τι ήταν αλλά όλα φαίνονται νορμάλ. Το ψάχνουμε. Κλείσε και θα σε ενημερώσω σε λίγο.»

«Κάπτεν δεν πιάνουμε το ραδιοβοήθημα. Η οθόνη είναι νεκρή. Χάσαμε και το ΚΕΠΑΘ, η Σκιάθος δεν απαντάει, δεν ξέρω... δεν πιάνω τίποτα.»

Η φωνή του συγκυβερνήτη με εμφανή δυσκολία προσπαθούσε να κρύψει κάποιον ελαφρύ πανικό. Πανικό όμως που ευτυχώς δεν μεταδόθηκε. Ό Μάριος πάνω από όλα ήταν αεροπόρος.

«Κάνε disengage τον αυτόματο και να το πάρουμε εμείς γιατί βλέπω και το GPS και τα pac σβηστά. Αχρηστεύτηκε μάλλον και το ACAS. Βλέπεις το display; μας δείχνει No COMM! Πάθαμε μάλλον Lock up στον transponder. Μην έχουμε καμιά αποσυμπίεση ξαφνική. Το κατεβάζω στα 5.000 πόδια. Ενημέρωσε αμέσως το ΜΑΚΕΔΟΝΙΑ.»

Οι ενέργειες του Μάρκου ήταν άμεσες, ψύχραιμες και επαγγελματικές. Αποδέσμευσε τον αυτόματο πιλότο και με ήρεμες και απαλές κινήσεις άρχισε να κατεβάζει το αεροσκάφος με μια ανεπαίσθητη κλίση που δεν θα δημιουργούσε οποιαδήποτε ανησυχία στους επιβάτες.

«Κάπτεν αρνητικό...μόνο παράσιτα. Δεν μπορώ να πιάσω ούτε το ΜΑΚΕΔΟΝΙΑ»

«Δοκίμασε τις άλλες συχνότητες, εν ανάγκη πιάσε το ground. Πρέπει να τους μιλήσουμε γιατί σε 5 λεπτά αρχίζουμε τελική προσέγγιση...»

Ό Άρης προσπάθησε απεγνωσμένα να πετύχει επαφή με τους σταθμούς εδάφους πατώντας τα διάφορα κουμπιά και πλήκτρα που σβηστά πλέον έδειχναν και ήταν άχρηστα.

Εν Τούτω Νίκα (;)

«Τίποτα... δεν πιάνουμε τίποτα. Τα συστήματα είναι όλα go αλλά δεν πιάνει καμία συχνότητα. Δοκίμασα ακόμα και ραδιόφωνο... τίποτα!»

«Ψύχραιμα Άρη, βάλε κωδικό emergency να μας πιάσουν απ' τον πύργο και πάμε να το κατεβάσουμε μόνοι μας. Θα το προσγειώσω VFR γιατί δεν βλέπω να πιάνουμε ούτε VOR ούτε Glide Path ούτε μας βλέπω με ILS. Όλα τα avionics μας είναι νεκρά. Τουλάχιστον δεν επηρεάστηκαν οι κινητήρες. Έχω full power.»

Ο Μάρκος είχε αγριέψει. Ένιωσε την αδρεναλίνη μέσα του να κυλάει γοργά στις φλέβες και να καταλήγει σε όλα τα μόρια του σώματός του. Αισθανόταν δυνατός.

«Systems managers και παπαριές. Αν δεν υπάρχει χειριστής να το πετάξει το ρημάδι να τα τα κωλομηχανήματα και οι μαλακίες των Αμερικάνων...»

Το πελώριο αεροσκάφος ήταν ήδη πάνω από το πρώτο πόδι της Χαλκιδικής. Η σκιά του διαγραφόταν επιβλητική στους γύρω λοφίσκους.

Ο Μάρκος με σταθερές κινήσεις το χαμήλωσε όσο μπορούσε και το ευθυγράμμισε νοητά με τον διάδρομο 34 του ΜΑΚΕΔΟΝΙΑ.

[84]

Χωροχρονικό Ασυνεχές

Σε λίγα λεπτά θα περνούσε επάνω και από το τελευταίο γεωγραφικό εμπόδιο, τον Τρίλοφο, και βυθίζοντάς ελαφρά το αεροπλάνο θα προσγειώνονταν στον διάδρομο. Μόνο που ο διάδρομος δεν φαινόταν πουθενά. Ούτε και το ΜΑΚΕΔΟΝΙΑ...

Τα τοπογραφικά σημεία ήταν όλα στη θέση τους κανονικά και όπως θα έπρεπε να είναι, μόνο που έλειπαν παντελώς οποιαδήποτε σημάδια ... πολιτισμού. Σπίτια, δρόμοι, χωριά και εργοστάσια.... δεν υπήρχε τίποτα.

Εκεί που ο σύγχρονος οικοδομικός οργασμός είχε καταστήσει τα περίχωρα της Θεσσαλονίκης ένα απέραντο συνονθύλευμα από μπετόν και άσφαλτο, τώρα υπήρχαν μόνο χωράφια και αυτά ...χέρσα. Και η Μίκρα, το σημείο όπου θα έπρεπε να βρίσκεται το διεθνές αεροδρόμιο της Θεσσαλονίκης δεν φαινόταν να έχει κανένα ιδιαίτερο χαρακτηριστικό. Το μόνο που διέκριναν οι δυο πιλότοι ήταν έλη και καλαμιές. Βαλτοτόπια!!! Τίποτα άλλο.

Αεροδρόμιο ή έστω διάδρομος προσγείωσης πουθενά. Για πρώτη φορά στην καριέρα του ο Μάρκος πανικοβλήθηκε. Τον κυρίευσε απελπισία.

«Θα κάνω ένα overshoot γιατί θα τρελαθώ.»

Εν Τούτω Νίκα (;)

«Δεν βλέπω τίποτα Κάπτεν, ούτε διάδρομο ούτε εγκαταστάσεις.»

Ο Μάρκος σπρώχνοντας ελαφρά τις μανέτες ώσης, και τραβώντας προς το μέρος του την κολώνα ελέγχου κατάφερε και ανασήκωσε ελαφρά το γιγαντιαίο Airbus σημαδεύοντας αυτή τη φορά προς την κατεύθυνση της πόλης της Θεσσαλονίκης.

Οι κινητήρες μούγκρισαν ενοχλημένοι. Οι δυο άνδρες τέντωσαν με αγωνία τα κεφάλια εστιάζοντας το βλέμμα τους στο βάθος του ορίζοντα. Ανακούφιση. Η πόλη ήταν εκεί. Στη θέση της.

Μόνο που πλησιάζοντας κατάλαβαν ότι ... δεν ήταν η πόλη της Θεσσαλονίκης, ή μάλλον δεν ήταν η Θεσσαλονίκη που ήξεραν.

Πετώντας χαμηλά και παράλληλα με την πασίγνωστη προκυμαία της παλιάς παραλίας, αυτό που έκανε την μεγαλύτερη εντύπωση στον Μάρκο ήταν ότι ολόκληρη η πόλη δεν φαινόταν πολύ μεγαλύτερη από ένα μικρό χωριό. Και ότι ο πασίγνωστος Λευκός πύργος ήταν επάνω σε μια προβλήτα και μάλιστα... αρκετά μέσα στη θάλασσα.

Και σαν να μην έφτανε αυτό... δεν ήταν μόνος του!!! Προς τη δυτική άκρη του τείχους υπήρχε ένας ακόμη. Ολόιδιος.

Χωροχρονικό Ασυνεχές

Και όλη η πόλη, ή μάλλον το χωριό, ήταν περικυκλωμένη από ολοκαίνουργια θεόρατα πέτρινα τείχη... Έξω από τα τείχη ερημιά. Και μέσα από αυτά, ανάμεσα στα χαμηλά και μίζερα ξύλινα σπιτάκια υψώνονταν θεϊκά μεγαλοπρεπείς, δεκάδες κατάλευκοι μιναρέδες που έμοιαζαν σαν πύραυλοι έτοιμοι να τρυπήσουν τον ουρανό!! Και η αφύσικα καταγάλανη και ... διάφανη θάλασσα ήταν γεμάτη από αμέτρητα μικρά ξύλινα σκάφη με πανιά. Πρωτόγονες βαρκούλες και ψαροκάικα ιστιοφόρα!!!

Ένα τοπίο βγαλμένο σαν από καρτ ποστάλ, ή μάλλον παλιά χαλκογραφία.

Το μυαλό του Μάρκου προσπαθούσε να αφομοιώσει αυτά που έβλεπε. Την ίδια στιγμή που τα χέρια του κινούνταν μηχανικά προκειμένου να ελέγξουν την απαγορευτικά χαμηλή πτήση του τεράστιου αεροσκάφους καθώς αυτό πετούσε με την μικρότερη δυνατή ταχύτητα και παράλληλα με τα τείχη της παραλίας της Θεσσαλονίκης.

«Κάπτεν δεν ξέρω τι έγινε, υποψιάζομαι πολλά αλλά δεν είναι η ώρα. Πάμε να φύγουμε διότι τα καύσιμα είναι αρκετά για μια ώρα περίπου το πολύ. Αν τυχόν συνέβη αυτό που νομίζω ότι συνέβη... την βάψαμε».

«Έχεις δίκιο Άρη, φεύγουμε.»

Εν Τούτω Νίκα (;)

Η φωνή του Μάρκου ήταν κουρασμένη. Τα λόγια του ξεψυχισμένα.

Με μισή καρδιά έκανε τις απαραίτητες ρυθμίσεις και το αεροσκάφος με τους 250 επιβάτες εκτινάχθηκε προς τα επάνω αφήνοντας πίσω του το ήσυχο και σχεδόν βουκολικό τοπίο που κανονικά θα έπρεπε να είναι μια υπερσύγχρονη πολύβουη μεγαλούπολη πνιγμένη στο τσιμέντο.

Η επιστροφή κυλούσε ήρεμα αν και σε νεκρική σιγή καθώς ο Μάρκος με μεγάλη προσπάθεια απέφευγε να εκστομίσει αυτά που σκεφτόταν. Το μυαλό του δούλευε πυρετωδώς. Οι σκέψεις πολλές και ανήσυχες.

Ο Άρης απ' την μεριά του έδειχνε απασχολημένος στο να στρίβει κουμπάκια, να παρακολουθεί τις νεκρές οθόνες με προσοχή, και γενικά να προσπαθεί να δείχνει ψύχραιμος.

Η πόρτα του θαλάμου κτύπησε δυνατά και ο Μάρκος πατώντας μια σειρά από πλήκτρα σε ένα μικρό πάνελ την άνοιξε αφήνοντας την Άντζι να μπει στον χώρο. Η φωνή της έτρεμε. Φαινόταν να έχει κλάψει.

«Μπορεί κανείς να μου πει τι γίνεται; Οι επιβάτες τα είδαν όλα. Δεν μπορώ να τους κρατήσω άλλο. Φοβούνται. Τι έγινε ρε Μάρκο;»

«Πείτε τους ότι γυρνάμε ή μάλλον ότι προσπαθούμε να γυρίσουμε στην Αθήνα. Τι άλλο να πω; Και εμείς δεν ξέρουμε τι παίζει, αλλά υποψιαζόμαστε κάτι... Γύρνα πίσω Άντζι και προσπάθησε να τους καθησυχάσεις. Σε λίγο φτάνουμε στο ΒΕΝΙΖΕΛΟΣ. Έχουμε σοβαρό πρόβλημα και χρειάζεται ψυχραιμία.»

«Δεν ξέρω Μάρκο, αλλά αν...»

Μια ισχυρή ανατάραξη ήρθε από το πουθενά και κτύπησε αλύπητα το αεροσκάφος. Απότομοι και άγριοι κραδασμοί άρχισαν να το μαστιγώνουν από παντού.

Το θηριώδες Airbus έμοιαζε τώρα με καρυδότσουφλο.

Και ξαφνικά πάλι το νοσηρό σκοτάδι. Απόλυτο, ψυχρό και μαύρο.

Όλα μα όλα εξαφανίστηκαν με μιας. Μια αρρωστημένη ατμόσφαιρα τους περιτύλιξε και μαζί της ήρθε η ναυτία. Κόλαση. Και μέσα σε λίγα μόνο δευτερόλεπτα ... ξανά το φως. Κυρίαρχο και νικηφόρο.

Εν Τούτω Νίκα (;)

«...Unknown aircraft Identify yourself immediately, I repeat identify yourself immediately, or you will be shot down...»

Η φωνή που ακούστηκε μέσα από τα ηχεία του θαλάμου διακυβέρνησης ήταν βάλσαμο στα αυτιά των πιλότων παρά το απειλητικό της περιεχόμενο. Συνοδεύτηκε μάλιστα από την αιφνίδια ανάσταση όλων των λαμπών και των οθονών του πάνελ του αεροσκάφους.

Όλα μα όλα άναψαν ταυτόχρονα και λαμπερά θυμίζοντας χριστουγεννιάτικο δένδρο. Ο Μάρκος χαμογελώντας έσπευσε να απαντήσει.

«Εδώ Ολυμπιακή 901, χαίρομαι που σας ακούω, είχαμε systems down, κάναμε missed approach στο LGTS και στη συνέχεια divert. Αρχίζω προσέγγιση στο ΒΕΝΙΖΕΛΟΣ, παρακαλώ οδηγήστε μας με Vectoring procedure διότι σας δηλώνω χαμηλός σε καύσιμα. Ζητώ άμεση προτεραιότητα. Priority One! I repeat Priority One!»

«Αρνητικόν. Δεν ξέρω τι κόλπο πάτε να παίξετε αλλά γνωρίζετε πολύ καλά ότι η manual παρεμβολή στις

Χωροχρονικό Ασυνεχές

επικοινωνίες πτήσης αεροσκάφους τιμωρείται με ισόβια...
χώρια τα καλαμπούρια.»

«Αθήνα η 901. Καμία παρεμβολή. Είμαι ο κυβερνήτης της
Ολυμπιακής 901, παρακαλώ δώστε οδηγίες για
προσγείωση. Είμαι στη διαδικασία του final.»

«Εντάξει φιλαράκο, κομμένη η πλάκα, αν είσαι πραγματικά
μέσα άσε το σκάφος να προσγειωθεί και τα λέμε στο
έδαφος. By the way και for your information η Ολυμπιακή
που θυμήθηκες έκλεισε πριν από 30 χρόνια και η πτήση 901
που αναφέρεις αγνοείται τελείως από το 2009. Ά...και το
ΒΕΝΙΖΕΛΟΣ λέγεται BALKAN εδώ και κάποια
χρονάκια και εσύ κύριε φλερτάρεις με τον εισαγγελέα. Σε
βλέπω στο ραντάρ αλλά και στην οθόνη εναέριας
βιντεοκαταγραφής και καταλαβαίνω ότι είσαι Airbus 380.
Επειδή μου αρέσουν οι αντίκες θα παίξω το παιχνίδι σου.
Now let the plane land itself...»

Ο Μάρκος πάγωσε. Το μυαλό του θόλωσε. Χρειαζόταν να
επιβεβαιώσει αυτό που φοβόταν. Προσπαθώντας να δείξει
ψύχραιμος και κρατώντας με κόπο σταθερή τη φωνή του
ρώτησε:

Εν Τούτω Νίκα (;)

«Αθήνα ελήφθη. Τέρμα τα αστεία. Confirm please today's date and time...»

«Roger. Τώρα μάλιστα. Συνεννοούμαστε. Έχουμε λοιπόν 10:37 local time 22 Μαΐου 2052 and the weather in Athens Balkan International is cavokey. Άπνοια. Now let the satellite resume control, I repeat let the satellite land the aircraft NOW!!! And by the way, μόλις κατέβεις θα ήθελα να τα πούμε. Έχω χιλιάδες ερωτήσεις. Που στο καλό το βρήκατε αυτό το αεροπλάνο; Και πως το συντηρείτε; Τι καίει; Και που στο διάολο βρήκατε καύσιμα; Εδώ το απλό πετρέλαιο έχει εξαντληθεί προ πολλού. Από πού έρχεστε;»

Ο Μάρκος κοίταξε τον Άρη. Εκείνος έκανε ότι παίζει με τα κουμπιά της κονσόλας. Φαινόταν απασχολημένος.

Ο Μάρκος δεν μίλησε. Για αρκετή ώρα και καθώς το αεροπλάνο πλησίαζε για προσγείωση δεν μιλούσε κανείς τους. Το μυαλό τους είχε κλείσει. Ήταν αλλού. Τα χέρια τους κινούνταν μηχανικά. Λες κι από μόνα τους.

Ακολουθώντας τις τυπικές τους διαδικασίες ολοκλήρωσαν την προσγείωση με επιτυχία.

Καθώς οι τροχοί του αεροσκάφους άγγιξαν τον ασφάλτινο διάδρομο ακούστηκε ένα δυνατό χειροκρότημα. Ήταν οι επιβάτες. Ανακουφισμένοι. Ο Μάρκος ρίγησε.

«Little do they know», σκέφτηκε, ψάχνοντας τα τσιγάρα του….

Σημ. του Συγγραφέα: Τον χειμώνα του 2019 και κατά την διάρκεια εργασιών αναστήλωσης, βρέθηκε στην εσοχή ενός παλαιού πλίνθινου τοίχου της Βυζαντινής Μονής Βλατάδων στην άνω πόλη της Θεσσαλονίκης, μια επιστολή που απευθύνετο στον Πατριάρχη στην Κωνσταντινούπολη και την οποία φαίνεται να είχε συντάξει τον Ιανουάριο του 1608 ο τότε Ηγούμενος της Μονής αλλά προφανώς αυτή δεν εστάλη ποτέ.

Ανέφερε λοιπόν ο Ηγούμενος, ότι τον Μάιο του 1607, οι Θεσσαλονικείς έγιναν μάρτυρες ενός περίεργου «θρησκευτικού» οραματικού φαινομένου που ατσάλωσε την πίστη τους και ενδυνάμωσε τις αντοχές τους απέναντι στους Οθωμανούς κατακτητές.

Είδαν λοιπόν κάποιο πρωινό, έναν τεράστιο αστραφτερό γαλανόλευκο σιδερένιο σταυρό που έκανε την εμφάνισή του για μερικά λεπτά της ώρας επάνω από την παραλία της πόλης σκορπίζοντας ρίγη συγκίνησης και χριστιανικής πίστης στους υπόδουλους τότε χριστιανούς.

Για πολλά χρόνια το συζητούσαν μεταξύ τους, θεωρώντας ότι είναι σημάδι από τον Θεό. Σημάδι της επερχόμενης και πολυαναμενόμενης απελευθέρωσής τους από τους Τούρκους.

Ένα δεύτερο «Εν Τούτω Νίκα».

Όπως αυτό που ενεθάρρυνε και τον Μεγάλο Κωνσταντίνο... Μάταια όμως τελικά...

Ad Infinitum...

Institute of Advanced Quantum Physics Applications:

ALBERT EINSTEIN.

Paul Dirac Laboratory (Tier No 2)

Miami Fla. U.S.A.

Χειμώνας του 2019 μ.Χ.

Το γιγάντιο ψηφιακό ρολόι στον κατάλευκο γυαλιστερό τοίχο του υπερσύγχρονου Εργαστηρίου Paul Dirac μέσα στο αχανές πέτρινο κτίριο του Ινστιτούτου Προωθημένων Εφαρμογών Κβαντικής Φυσικής του Μαϊάμι έδειχνε 05:20.

Ad Infinitum...

Αυτό το φλουό καταπράσινο ρολόι μαζί με μια πελώρια χρωματιστή καρικατούρα του Αλβέρτου Αϊνστάιν, που κατελάμβανε από μόνη της ένα ολόκληρο τμήμα του τεράστιου τοίχου, ήταν και τα μοναδικά στοιχεία που διέκοπταν την κατά τα άλλα λιτή μονοτονία του απέραντου εργαστηρίου.

Μια απόκοσμη μονοτονία που αποτελούνταν από εκατοντάδες, κυριολεκτικά, ηλεκτρονικούς υπολογιστές με τις LCD οθόνες τους να αναλάμπουν μανιωδώς, προσδίδοντας με την όψη τους μια φουτουριστική όψη στον χώρο που θύμιζε περισσότερο κάποιο μεταμοντέρνο Ίντερνετ καφέ παρά ένα επιστημονικό εργαστήριο που στα σπλάχνα του οι άνθρωποι διαπραγματευόταν τα μυστικά του... σύμπαντος.

Όμως, παρά το προχωρημένο της ώρας, το αποστειρωμένο και λουσμένο σε άπλετο τεχνητό φθοριούχο λευκό φωτισμό περιβάλλον, έσφυζε από ζωή. Έσφυζε από ενέργεια.

Η κινητικότητα του προσωπικού ήταν άνευ προηγουμένου ακόμα και για τα δεδομένα του εν λόγω ινστιτούτου που στα επτά χρόνια της λειτουργίας του δεν είχε κλείσει ποτέ, ούτε για μια ώρα.

Σήμερα όμως η προσμονή για την δικαίωση των επιστημονικών κόπων των δεκάδων κατόχων Ph.D. που

[98]

απάρτιζαν το στελεχιακό δυναμικό του εργαστηρίου έδειχνε επιτέλους να φθάνει σε ολοκλήρωση.

Η λαχτάρα ήταν στο απόγειό της.

Τα στοιχεία ήταν εκεί. Απτά.

Η οριστική και τελεσίδικη επαλήθευση τους ήταν πλέον θέμα ωρών, ή και ίσως λεπτών.

Μια γλυκιά νευρικότητα τύλιγε τη σοβαρή ατμόσφαιρα του χώρου, καλύπτοντας με το αδιόρατο πέπλο της τις βεβιασμένες, πλην όμως απόλυτα μεθοδικές, κινήσεις των πολλών επιστημόνων, που μηδενός εξαιρουμένου φαίνονταν και προφανώς ήταν αναστατωμένοι.

Η προσμονή ήταν διάχυτη και εμφανής. Υπήρχε αγωνία.

«Σίγουρα τον ειδοποιήσατε»;

Η φωνή του Δρος Leonard, ενός εκ των δυο επικεφαλής του εργαστηρίου, ακούστηκε τρεμάμενη. Φυσικό και επόμενο καθώς είχε να κοιμηθεί ή έστω να χαλαρώσει εδώ και 24 τουλάχιστον ώρες.

Και η αυστηρή απαγόρευση του καπνίσματος στους χώρους του ινστιτούτου δεν τον βοηθούσε καθόλου.

«Είναι καθ' οδόν, έρχεται... σιγά μη δεν ερχόταν».

Η απάντηση του συνεργάτη του, Δρος Κάπλαν, ήταν κοφτή. Δεν είχε χρόνο να ασχολείται με ανθυπολεπτομέρειες.

[99]

Τον Κάπλαν τον απασχολούσε περισσότερο η αλλόκοτη συμπεριφορά των υποσωματιδίων που παρακολουθούσε με απόλυτη προσήλωση στην οθόνη μπροστά του παρά το πότε θα κατέφθανε στο εργαστήριο ο διάσημος καθηγητής Eugene Palaver. Ο «πολύς» σύμβουλος επί επιστημονικών θεμάτων του Προέδρου των ΗΠΑ....

«Fucking politician...», μουρμούρισε ανάμεσα στα δόντια του ο Κάπλαν.

Κατά την γνώμη του ο Πάλαβερ δεν ήταν πλέον ο διανοητής επιστήμονας που κάποτε θαύμαζε, αλλά ένας ακόμη δημοσιοσχεσίστας πολιτικός. Είχε ξεπουληθεί.

Οι μέρες που σαν πρωτοπόρος ηγέτης του κλάδου του ερευνούσε τα μυστήρια των μακρινών quarks, και δημοσίευε εμπνευσμένα επιστημονικά άρθρα για την πιθανότητα ύπαρξης των μελανών οπών, ή των ορίων του «ορίζοντα των γεγονότων, ανήκαν δυστυχώς οριστικά στο παρελθόν.

Από τον καιρό που του απονεμήθηκε το βραβείο Νόμπελ στη Φυσική, είχε κυλήσει πολύ νερό κάτω από τη γέφυρα...

Ο Πάλαβερ τώρα δεν ήταν για τον Κάπλαν παρά ένας ακόμη πολιτικάντης. Διάνοια μεν, πολιτικάντης δε. Και η τοποθέτησή του ως επικεφαλής του Επιστημονικού Συμβουλίου, μεταξύ άλλων και του Ινστιτούτου Albert

Χωροχρονικό Ασυνεχές

Einstein, μπορεί να προσέδιδε κύρος στις έρευνές τους, αλλά δεν προσέθετε καμία ουσιαστική επιστημονική συνεισφορά στο έργο τους εκ μέρους του κου καθηγητή.

Τουναντίον, η έντονη προσωπικότητα του Πάλαβερ, σε συνδυασμό με τις παρωχημένες πλέον επιστημονικές του απόψεις, δημιουργούσαν τα πλείστα όσα προβλήματα στην περαιτέρω ανάπτυξη των ριζοσπαστικών επιστημονικών οδών που αυτός και ο συνεργάτης του ο Λέοναρντ, στα πλαίσια της κλειστής και εμπνευσμένης ομάδας που ηγούνταν, ήθελαν να ακολουθήσουν. Ο Πάλαβερ όμως, αν και τροχοπέδη, κρατούσε το κλειδί του θησαυροφυλακίου. Και για αυτό έπρεπε να του κάνουν κάθε τόσο τους απαραίτητους τεμενάδες.

Κακά τα ψέματα. Πρωτοποριακές έρευνες, και μάλιστα για ένα τριτεύον ζήτημα, όπως δηλαδή η φύση του χρόνου, απαιτούσαν τεράστια ποσά. Το κόστος της λειτουργίας του εργαστηρίου ήταν για τα καθημερινά δεδομένα... μυθώδες.

Η θεσμική όμως θέση του Πάλαβερ, αλλά και η τυφλή εμπιστοσύνη με την οποία τον περιέβαλλε ο πρόεδρος των ΗΠΑ σε θέματα επιστημών, σήμαινε ότι ο καθηγητής θα μπορούσε να χρηματοδοτεί με διάφορα κονδύλια τις έρευνές τους επ' άπειρον. Ή τουλάχιστον όσο ακόμη παρέμενε πρόεδρος ο «Νεάντερνταλ», όπως μεταξύ τους αποκαλούσαν οι επιστήμονες του Κέντρου τον πλανητάρχη. Και αυτό ήταν το κλειδί που έκανε τον Πάλαβερ αναγκαίο κακό.

Η όλη ίδρυση και λειτουργία του Ινστιτούτου οφειλόταν στην πρωτοβουλία του Πάλαβερ να τους χρηματοδοτήσει με κρατικά κεφάλαια ερευνών, και να τους στηρίξει πολιτικά σε καιρούς που πολλοί επιστήμονες άλλων κλάδων, αλλά και αρκετοί μεγαλόσχημοι γερουσιαστές, θεωρούσαν την όλη προσπάθεια τους ως μια ακόμα περιττή σπατάλη πόρων.

Πόρων που σε μια ατμόσφαιρα οικονομικής ύφεσης θα μπορούσαν να διοχετευτούν αλλού. Και να φέρουν ψήφους…

Σαν να ήταν μόλις χθες, που οι αντιδράσεις διάσημων γιατρών, βιολόγων, χημικών, και φαρμακοβιομηχάνων, συνεπικουρούμενων από τα γλοιώδη ΜΜΕ, τους εξαπέλυαν σκληρές επιθέσεις καθώς πίστευαν ότι η έρευνα για την οριστική αντιμετώπιση του AIDS και άλλων θανατηφόρων ασθενειών υποχρηματοδοτούνταν, και ότι η διάθεση κονδυλίων για τη μελέτη της σύστασης της ύλης, των σκουληκότρυπων και της υφής του χρόνου, δεν ήταν παρά μια άχρηστη και ιδιαζόντως περιττή πολυτέλεια.

«Οι προτεραιότητες» έλεγαν, «βρίσκονται αλλού…».

Χωροχρονικό Ασυνεχές

Λαϊκίστικες μαλακίες χαρακτήριζε τις αντιδράσεις αυτές ο Κάπλαν.

Ευτυχώς όμως που ο παλιός μέντοράς τους ο Πάλαβερ, είχε πεισθεί για τις «τρελές» εμπνεύσεις τους, και αποφάσισε με ανυπέρβλητο σθένος να τους βοηθήσει να τις υλοποιήσουν.

Στην πορεία είχε αντέξει στις αήθεις επιθέσεις και στα χτυπήματα κάτω από την μέση και όχι μόνο. Παίρνοντας επάνω του όλες τις ευθύνες, πολιτικές και μη, τους στήριξε με πάθος περνώντας ακόμη και στην αντεπίθεση.

Για αυτό και μόνο άξιζε τον σεβασμό τους. Και ας διαφωνούσαν ριζικά μαζί του στις επιστημονικές μεθόδους που θα έπρεπε να ακολουθηθούν.

Ο πραγματικός σκοπός της ίδρυσης του εργαστηρίου ήταν άλλωστε σαφής. Απόρρητος μεν, σαφής δε.

Ένας σκοπός γνωστός μόνο σε μια χούφτα ανθρώπων, και που ακόμη και ο ίδιος ο πρόεδρος ήταν αμφίβολο αν γνώριζε. Και αν πράγματι τον γνώριζε, ήταν αμφίβολο αν τον κατανοούσε. Του αρκούσε ο θαυμασμός που έτρεφε στο πρόσωπο του παλιού του φίλου από το πανεπιστήμιο, Πάλαβερ.

Οι γενικότερες εκφάνσεις αλλά και οι συνέπειες της όποιας τυχόν επιτυχίας του εγχειρήματός τους μπορούσαν να γίνουν πλήρως αντιληπτές μόνο από μια ντουζίνα περίπου επιστήμονες σε ολόκληρο τον πλανήτη. Και οι μισοί απ' αυτούς ήταν Ρώσοι, Κινέζοι κ.ά. Όχι πάντως Αμερικάνοι.

Συνεπώς, δεν θα μπορούσαν να τους συνδράμουν στις μυστικές τους έρευνες, αλλά ούτε και οι ίδιοι να μοιραστούν μαζί τους οποιοδήποτε εύρημα.

Οι δεκάδες επιστήμονες που συμμετείχαν στις έρευνες στο εργαστήριο Paul Dirac γνώριζαν ο καθένας από ένα μικρό και μόνο κομμάτι του συνολικού εγχειρήματος, με αποτέλεσμα η γενική εικόνα, αλλά και ο απώτατος στόχος των ερευνών να αποτελούν κτήμα ελάχιστων «εξουσιοδοτημένων».

Οι υπόλοιποι εμπλεκόμενοι στέκονταν αποκλειστικά και μόνο στο φανταστικό ενδεχόμενο της κατάκτησης του χρόνου, και στη δυνατότητα να ταξιδέψουμε κάποτε σε αυτόν.

Φανατικότεροι εκ των υποστηρικτών της εργασίας τους αποδείχθηκαν, περιέργως, οι λίγοι μυημένοι στρατιωτικοί, για τους δικούς τους όμως λόγους, που μόνο επιστημονικοί δεν ήταν.

Σε αυτούς λοιπόν είχε καρφωθεί η ιδέα ότι αν μπορούσαν να πάνε στο παρελθόν θα κατάφερναν να κάνουν την Αμερική ακόμη ισχυρότερη! Πίστευαν, για παράδειγμα, ότι εισάγοντας σύγχρονες τεχνολογίες οπλικών συστημάτων στον 18ο αιώνα, φερ' ειπείν, θα καθιστούσαν τις Η.Π.Α παγκόσμια υπερδύναμη αιώνες πριν αυτό γίνει ιστορικά.

Πίστευαν στα αλήθεια ότι ο κόσμος θα εξελίσσονταν πολύ καλύτερα αν η Αμερική ανελάμβανε τα ηνία του όχι το 1945 όπως έγινε νομοτελειακά, αλλά ίσως από το 1815...

Οι λογικές αντιρρήσεις των Κάπλαν και Λέοναρντ, αλλά και οι προσπάθειές τους να τους μιλήσουν για χρονικά παράδοξα και για δημιουργία παράλληλων συμπάντων κλπ. κλπ. έπεφταν στο κενό. Οι στρατηγοί ήταν αλλού. Είχαν μυριστεί δύναμη, το απόλυτο αφροδισιακό.

Παρ' όλα αυτά, η στήριξη του στρατιωτικού κατεστημένου, έστω και παραπλανημένη, τους ήταν απόλυτα χρήσιμη και γι' αυτό τους ανέχονταν (και αυτούς).

Ένα σούσουρο κυριάρχησε στην αίθουσα με την είσοδο του Πάλαβερ και της συνοδείας του. Δεκάδες κεφάλια ανασηκώθηκαν από τις οθόνες, και γύρισαν σαν συνεννοημένα προς το μέρος του.

Αν και οι περισσότεροι από τους επιστήμονες του εργαστηρίου δεν είχαν να ζηλέψουν κανέναν και σε τίποτα όσον αφορά σε πανεπιστημιακούς τίτλους, δημοσιεύσεις, και πτυχία, εν τούτοις η καταφανής αύρα που ανέδιδε Ο καθηγητής, και που οφείλονταν όχι μόνο στις παλιές του δάφνες και το βραβείο Νόμπελ, αλλά κυρίως στη χαρισματική του προσωπικότητα, τους έκανε όλους να αναριγήσουν στη θέα του. Ο άνθρωπος ανέδιδε κύρος... ανέδιδε δύναμη.

«Λέοναρντ, Κάπλαν, σας ακούω. Τι στο καλό έχουμε; Κοιμόμουν σαν πουλάκι και με ξυπνήσατε... Ξέρετε τι είναι να διασχίζεις τη μισή Αμερική πετώντας ξημερώματα; Ελπίζω να αξίζει τον κόπο αυτή η ταλαιπωρία...».

«Κε καθηγητά...», η φωνή του Λέοναρντ απέκτησε και πάλι την επιστημονική της στιβαρότητα, «...έχοντας αναλύσει πάμπολλες φορές τα στοιχεία που έχουμε, θεωρώ πως είμαστε σχεδόν έτοιμοι. Νομίζουμε ότι είναι πλέον θέμα ωρών να αποκαλυφθεί το ινφιτρόνιο... εδώ και πέντε ώρες βλέπουμε να σχηματίζεται ένας απόλυτος βρόγχος τύπου Guzmann... είναι φοβερό!»

Ο Πάλαβερ συνοφρυώθηκε. Βγάζοντας από τη τσέπη του τα διάσημα γυαλιά του, με τον κόκκινο κοκαλένιο σκελετό, τα τοποθέτησε στο πρόσωπο του σκύβοντας ταυτόχρονα προς την οθόνη μπροστά από τον Κάπλαν. Πληκτρολογώντας μανιωδώς για μερικά δευτερόλεπτα έδειχνε χαμένος στις σκέψεις του.

Μετά από λίγο ανασηκώθηκε βγάζοντας τα γυαλιά του ενώ ένα αδιόρατο χαμόγελο σχηματίστηκε στα χείλη του.

«Εσύ τι λες Κάπλαν; Συμφωνείς»;

Ο Κάπλαν ταράχτηκε. Για κλάσματα του δευτερολέπτου αισθάνθηκε σαν ένοχο σχολιαρόπαιδο που πιάστηκε με σκονάκι. Η χαρακτηριστική μπάσα φωνή του καθηγητή του θύμισε τα χρόνια που σαν μεταπτυχιακός φοιτητής του τον έτρεμε... Αμέσως όμως κατάφερε και ανασυγκροτήθηκε. Ξερόβηξε πριν μιλήσει.

«Έτσι είναι Δόκτορα, εδώ και ώρα έχει σχηματιστεί στο δεύτερο cyclotron ένα μόρφωμα τύπου Wilcox με περιοχές καθαρά fractal. Αν δεν καλυφθούν από τα positrons τότε ο βρόγχος θα πρέπει να ολοκληρωθεί πλήρως, και αν αυτό συμβεί, και αν οι εξισώσεις του Dirac στέκουν και στην πράξη... τότε θα δούμε επιτέλους το ινφιτρόνιο. Αλληλούια»!

Ο Πάλαβερ κοίταξε γύρω του. Ήταν πλέον και αυτός σε εγρήγορση. Παίζοντας νευρικά με τα γυαλιά του εστίασε το βλέμμα του στην εικόνα του Αϊνστάιν στον απέναντι τοίχο, και με επιβλητική στεντόρεια φωνή, σαν να απηύθυνε διάγγελμα στις μάζες, στήθηκε με αγέρωχο ύφος ατενίζοντας προς το σύνολο πλέον των ανθρώπων που βρίσκονταν στο εργαστήριο και που όλοι ανεξαιρέτως φαίνονταν να κρέμονται κυριολεκτικά από τα χείλη του.

«Κυρίες και κύριοι, αγαπητοί συνάδελφοι. Δεν χρειάζεται να σας αναλύσω τις επιπτώσεις του τι σημαίνει να εμφανιστεί εδώ και τώρα ένα ινφιτρόνιο. Σε επίπεδο θεωρίας το γνωρίζουμε όλοι. Αλλά να το δούμε; Να το εξετάσουμε; Να το χειραγωγήσουμε; Δεν χρειάζεται να σας πω ότι αν αυτό συμβεί στην πράξη, η ανθρωπότητα αλλάζει πλέον βηματισμό. Δεν χρειάζεται να σας τονίσω την σημασία της εργασίας μας για το μέλλον του πολιτισμού, ή ίσως και αυτού ακόμη του πλανήτη. Αλλά επειδή είμαστε όλοι συνάδελφοι επιστήμονες, θα σας πω τούτο και μόνο... και εσείς θα το εκτιμήσετε ανάλογα».

Με γέλιο που αδυνατούσε πλέον να συγκρατήσει ο καθηγητής ολοκλήρωσε τη φράση του λέγοντας δυνατά: «Δέκα... τουλάχιστον βραβεία Νόμπελ...μπορεί και περισσότερα, θα πρέπει να απονεμηθούν στην ομάδα αυτή εδώ μέσα... και μα τον Θεό αυτό θα γίνει... το υπόσχομαι. Σας ευχαριστώ όλους». Η τελευταία φράση του δεν ολοκληρώθηκε.

Πνίγηκε στο δυνατό χειροκρότημα των παρευρισκομένων. Χαρτιά, μολύβια, ακόμα και τα ασύρματα ποντίκια των υπολογιστών πέταξαν στον αέρα, και για μερικά λεπτά η αποστειρωμένη ατμόσφαιρα του εργαστηρίου θύμιζε τρελό πάρτι σε εφηβικό δωμάτιο.

Δυο ώρες αργότερα και η φρενήρης ατμόσφαιρα του εργαστηρίου, αν εξαιρούσε κανείς τα έκδηλα πλέον χαμόγελα, είχε επανέλθει σε φυσιολογικούς, ράθυμους σχεδόν ρυθμούς.

Χωροχρονικό Ασυνεχές

Ο Πάλαβερ με τους Λέοναρντ και Κάπλαν, εμφανώς κατάκοποι, συζητούσαν χαμηλόφωνα σε μια γωνιά ενώ οι υπόλοιποι επιστήμονες σκυμμένοι συνεχώς πάνω στις οθόνες τους πληκτρολογούσαν ασταμάτητα και ...ανέμεναν. Έχοντας ήδη πιει τον δεύτερο καφέ του, ο καθηγητής έδειχνε να βρίσκεται σε πλήρη επιστημονική φόρμα.

«Κύριοι έχετε την ειλικρινή συγνώμη μου. Οι αρχικές μου αμφιβολίες για τη θεωρία σας ήταν λάθος. Αποδειχτήκατε διάνοιες. Καταλαβαίνετε όμως κύριοι ότι αν εμφανιστεί το σωματίδιο θα πρέπει να συγκληθεί αμέσως η ομάδα εφαρμογής για να δώσει έγκριση και να υπογράψει τα πρωτόκολλα. Τα χρονικά περιθώρια είναι ελάχιστα. Αν ο μακαρίτης ο Dirac επαληθευθεί, θα έχουμε μόνο 40-50 λεπτά στην διάθεσή μας. Είναι έτοιμα τα όργανα; Ήδη οι αρμόδιοι έχουν κληθεί και είναι καθ' οδόν».

Ο Κάπλαν ανέλαβε να απαντήσει στον καθηγητή.

«Έχουμε σε κατάσταση standby το συμπύκνωμα. Οι διαθλαστές έχουν ελεγχθεί πλήρως, και πιθανόν να μπορέσουμε να πετύχουμε την επιβράδυνση αμέσως. Το μόνο πρόβλημα είναι ο χρόνος που θα έχουμε στην διάθεσή μας. Αποτελεί άγνωστη μονάδα και τεράστιο αστάθμητο παράγοντα για το τι μέλει γενέσθαι μετά».

Ad Infinitum...

Ο Λέοναρντ με ύφος απόμακρο συμπλήρωσε βαριανασαίνοντας «ακόμη αδυνατώ να το πιστέψω... είμαστε τόσο κοντά στην πλήρη αναστολή του χρόνου, ίσως και στην ανάδρομη παλινδρόμησή του....».

Με το χαρακτηριστικό περισπούδαστο ύφος του ο καθηγητής, κοιτάζοντας αυτή τη φορά προς το ταβάνι, άρχισε έναν από τους γνωστούς μονόλογούς του. Ο Κάπλαν βαριαναστέναξε...

«Όπως έλεγα τις προάλλες και στον πρόεδρο, με όσο πιο απλά λόγια μπορούσα, ο χρόνος κύριοι επιβραδύνεται όσο αυξάνει η κίνηση, και σταματάει τελείως μόλις επιτευχθεί η ταχύτητα του φωτός. Τι πιο απλό λοιπόν από την καταπληκτική ιδέα σας να επιβραδύνουμε την ταχύτητα του φωτός επιβραδύνοντας συγχρόνως και τον χρόνο. Μεγαλοφυές αν και στην αρχή αμφέβαλλα καθώς απαιτούνται τόσες διαφορετικές και σύνθετες παράμετροι... οι πιθανότητες επιτυχίας αυξήθηκαν όμως κατακόρυφα μόλις πετύχατε να κατασκευάσετε εργαστηριακά το συμπύκνωμα Bose-Einstein. Αφού καταφέρατε πειραματικά αλλά και τελεσίδικα την απόλυτα μηδενική θερμοκρασία, επόμενο ήταν τα σωματίδια που τοποθετήθηκαν μέσα σε αυτό να πάψουν την όποια κίνησή τους. Να διακόψουν την στροφορμή τους. Να ακυρωθεί το σπιν!!!

Συνεπώς η μάζα τους πολλαπλασιασμένη επί την μηδενική πλέον ταχύτητα ισούται με ... τίποτα. Αν τώρα βάλουμε μέσα στο συμπύκνωμα τον απαραίτητο καταλύτη που θα δράσει σαν παράξενος ελκυστής, το φαντασματικό ινφιτρόνιο, για να ελέγχουμε τις ακτίνες φωτός και να καταφέρουμε να τις επιβραδύνουμε για ίσως 30-40 λεπτά της...δικής μας ώρας, και τέλος να τις ακινητοποιήσουμε... τότε κύριοι συνάδελφοι, σταματάμε το φως, σταματάμε τη ροή πληροφοριών του... σταματάμε δηλαδή το χρόνο... τέλεια συλλογιστική μέσα στην απλότητά της. Ακόμη και ο Νεάντερταλ όπως τον αποκαλείτε το έπιασε...».

Αναθαρρημένος τώρα ο Κάπλαν, πήρε τον λόγο.

«Ωραία όλα αυτά, αλλά θα πρέπει να λάβουμε υπ' όψη και το τεχνικό κομμάτι. Εκεί δεν είναι πλέον θέμα καθαρών εξισώσεων με 1+1=2, αλλά κβαντικής απροσδιοριστίας. Θα λειτουργήσουν τα ηλεκτρόνια στις κάμερες Cooper όπως προβλέπει η εξίσωση του Τίπλερ, ή θα έχουμε καμιά εκδήλωση φαινόμενου Χάιζενμπεργκ»;

«Άφησε το σε εμένα κολλητέ. Το έχω τριπλοελέγξει στατιστικά. Τα ηλεκτρόνια και τα φωτόνια θα συμπεριφερθούν όπως και στον μακρόκοσμο. Θα καταγράψουμε τις εικόνες χωρίς πρόβλημα».

Ο Λέοναρντ φαινόταν σίγουρος.

Τη συζήτηση τους διέκοψαν αναστατωμένες φωνές.

«Το έχουμε… εμφανίσθηκε!!! Ελάτε γρήγορα»!

Ο καθηγητής, παρά τα εβδομήντα και χρόνια του, έτρεξε αμέσως με εφηβική σβελτάδα προς το μέρος του επιστήμονα που αλαφιασμένος χοροπηδούσε δείχνοντας την οθόνη του κομπιούτερ του.

«Τέλειο, μαγικό… αυτό είναι…» ψέλλισε εκστασιασμένος.

Ο Κάπλαν, επίσης έκθαμβος, κοιτούσε με αποσβολωμένο ύφος το μικρό δαιμονικό φωτάκι που χόρευε μανιωδώς στην οθόνη σαν να έβλεπε … την πιο όμορφη εικόνα της ζωής του.

«Πρέπει να βιαστούμε, συγκεντρωθείτε, ξεκινάμε».

Ο Λέοναρντ ανέλαβε τον διοικητικό του ρόλο, και με κοφτές εντολές έβαλε μπρος τη διεξαγωγή του πολυπόθητου πειράματος.

«Συνδέστε γρήγορα το Α κύκλωμα για να διοχετευτεί η ροή προς την δεξαμενή. Σε τέσσερα λεπτά το πολύ πρέπει να πετύχουμε σύνδεση. Οι συντεταγμένες σε επίπεδο ηλιακού συστήματος είναι ΟΚ. Ανεβάστε τις εικόνες που θα πάρουμε στα κεντρικά μόνιτορ. Ένα, δύο τρία και τώρα...πάμε γρήγορα...Θέλω εστίαση αρχικά στο 24.019 π.χ.».

Λευκός Οίκος, Washington D.C.

The Oval Office. (Meeting Room)

Δυο ημέρες αργότερα.

Γύρω από το επιμελώς λουστραρισμένο και επιβλητικό δρύινο τραπέζι συσκέψεων στην κεφαλή του οποίου κάθονταν ο πρόεδρος των ΗΠΑ, τα βλέμματα των περισσοτέρων συνδαιτυμόνων ήταν σκυθρωπά, και εμφανώς προβληματισμένα.

Οι δυο παρευρισκόμενοι στρατηγοί έπαιζαν νευρικά με τις γραβάτες τους καθώς φαίνονταν να πνίγονται μέσα στις στολές τους, ενώ ο Πάλαβερ μασουλώντας το ασημένιο στόμιο της ξύλινης πίπας του έμοιαζε να ταξιδεύει σε άλλους κόσμους.

Ο Κάπλαν με τη σειρά του αισθάνονταν το χέρι του να τρεμοπαίζει. Υπήρχε ηλεκτρισμός στην ατμόσφαιρα. Ο Πρόεδρος αφού ξερόβηξε δυνατά πήρε τον λόγο.

[113]

«Κύριοι, ευχαριστώ για την παρουσία σας. Όπως ήδη γνωρίζετε, τα τελευταία δυο εικοσιτετράωρα ήταν συγκλονιστικά για την ανθρωπότητα και απομένει σε εμάς να αποφασίσουμε για το αν αυτή θα το μάθει και για το πώς θα πορευτούμε στο εξής. Αυτά που θα συζητήσουμε σήμερα σε αυτήν εδώ την ομήγυρη μένουν εδώ μέσα, και κανένας από τους δεκατρείς παρευρισκόμενους, εμού συμπεριλαμβανομένου, δεν θα διαρρεύσει το οτιδήποτε σε οποιονδήποτε. Το απαγορεύω ρητά. Έχουμε άλλωστε υπογράψει όλοι επ' αυτού. Το ζήτημα που προέκυψε ξεπερνάει κι' αυτά ακόμη τα όρια της Εθνικής Ασφάλειας. Μερικές φορές νομίζω ότι ξεπερνάει και τα όρια της λογικής…».

Σε αυτό το σημείο εμφανίσθηκαν και μερικά δειλά χαμόγελα στα πρόσωπα των παρευρισκόμενων.

«Δεν χρειάζεται εγώ να πω περισσότερα. Όλοι περίπου γνωρίζουμε τα καθέκαστα, γι' αυτό και παραδίδω αμέσως το βήμα στον Δρα Λέοναρντ, ώστε να μας κάνει μια πλήρη σύνοψη. Κύριε Λέοναρντ έχετε το λόγο».

Ο Δρ. Λέοναρντ, το παιδί διάνοια που στα 21 του χρόνια είχε ήδη αποκτήσει ένα διδακτορικό στην αστροφυσική, και στα 23 του ένα ακόμη στη φιλοσοφία των επιστημών, και που στα τριάντα του ήταν ομότιμος καθηγητής κβαντοφυσικής στο Πανεπιστήμιο του Stanford... έτρεμε σύγκορμος.

Η όποια αυτοπεποίθησή του είχε χαθεί από μέρες, και η πλήρης έλλειψη ύπνου τα τελευταία εικοσιτετράωρα δεν βοηθούσε καθόλου...

Παρά την κούρασή του όμως, η λάμψη που συνόδευε τη ματιά του από μικρό παιδί ήταν και σήμερα εκεί. Χειριζόμενος τον φορητό υπολογιστή που είχε μπροστά του απευθύνθηκε προς τους παρευρισκόμενους.

«Κύριοι, θα σας παρακαλέσω να παρακολουθήσετε την οθόνη στο βάθος και υπόσχομαι ότι η ολιγόλεπτη αυτή παρουσίαση θα σας καλύψει πλήρως όσον αφορά στο τι ψάχναμε, τι βρήκαμε και τι δέον γενέσθαι... όπως γνωρίζετε, ο απώτατος σκοπός των ερευνών μας στο εργαστήριο Paul Dirac ήταν ο πιθανός έλεγχος του χωροχρονικού συνεχούς. Βασιζόμενοι σε μια σειρά διάσπαρτων θεωριών, αλλά και επιστημονικών εφαρμογών, πιστέψαμε πως θα πετύχουμε την χαλιναγώγηση του χρόνου με την απλή θεωρία που συνοπτικά θα περιγράψω...θα προσπαθήσω να είμαι όσο το δυνατόν περισσότερο κατανοητός καθώς αντιλαμβάνομαι ότι οι ειδικότητες εδώ μέσα καλύπτουν πολλά πεδία πέραν της φυσικής...».

Χειριζόμενος τον υπολογιστή του ο Λέοναρντ συνέχισε, ενώ τα βλέμματα των υπολοίπων εστίαζαν στα όσα τους έδειχνε η τεράστια φωτεινή οθόνη στην άκρη της αίθουσας.

«Χρησιμοποιώντας λοιπόν ως βάση μας την προσπάθεια επαλήθευσης κάποιων εξισώσεων του μεγάλου φυσικού Δρος Ντιράκ, που παρεμπιπτόντως υπήρξε και ο μέντορας του δικού μας Δρος Πάλαβερ, πετύχαμε την εργαστηριακή σύνθεση ενός συμπυκνώματος τύπου Bose-Einstein το οποίο και έχει τη δυνατότητα να επιβραδύνει οποιαδήποτε ακτινοβολία ή δέσμη φωτός εισάγουμε σε αυτό.

Καταλαβαίνετε δηλαδή ότι αν επιβραδύνουμε ή σταματήσουμε το φως...σταματάμε και τον χρόνο. Αν τώρα επεξεργαστούμε τις πληροφορίες που ενυπάρχουν μέσα στην ακινητοποιημένη δέσμη φωτός, και που είναι σχεδόν άπειρες, μπορούμε στην κυριολεξία να πάμε πίσω στο χρόνο και να τον εξετάσουμε.

Βέβαια για να επιτευχθεί αυτή η ακινητοποίηση χρειαζόμασταν την ύπαρξη ενός σωματιδίου που μόνο σε θεωρητικό επίπεδο υπήρχε βάσει κάποιων αιρετικών εξισώσεων του πρώιμου Φέινμαν... το ινφιτρόνιο. Αυτό θα λειτουργούσε, αν οι θεωρίες μας ήταν σωστές, σαν καταλύτης ή σαν ημιαγωγός, προκειμένου να αντλήσουμε τις πληροφορίες από το φως. Ε λοιπόν, το πετύχαμε και αυτό. Θα αναρωτηθείτε βέβαια πως θα χειριζόμασταν ή θα ελέγχαμε τις όποιες πληροφορίες υπήρχαν στο ακινητοποιημένο φως...»

Ο Λέοναρντ σταμάτησε κοιτάζοντας έναν έναν τους ομοτράπεζους γύρω του. Τα πρόσωπα όλων έμοιαζαν εκστασιασμένα. Είχαν απορροφηθεί πλήρως από την μεστή παρουσίαση. Μέχρι σήμερα ελάχιστοι γνώριζαν το πώς και το γιατί. Ο Λέοναρντ συνέχισε...

«Σε αυτό το σημείο ξεφεύγουμε κάπως από την πλήρη επιστημονικότητα, και σας λέω με κάθε ειλικρίνεια ότι καταφύγαμε στα γραπτά ενός Ιταλού μοναχού, του πατέρα Ερνέτι τα οποία και δανειστήκαμε από το Βατικανό με τη βοήθεια του Δρος Πάλαβερ και των διασυνδέσεών του. Για να μη πολυλογώ, τα γραπτά αυτά μας βοήθησαν, όσο και αν ακούγεται παράλογο, να συνδέσουμε μια κβαντική βιντεοκάμερα, ένα είδος αισθητήρα στο εσωτερικό του συμπυκνώματος η οποία και θα κατέγραφε ψηφιακά σε μορφή εικόνας την όποια πληροφόρηση θα αποσπούσαμε. Και αυτό το εγχείρημα όπως θα ακούσατε, το πετύχαμε προχθές...».

«Συγνώμη για την παρέμβαση Δόκτορα, αλλά απορώ...».

Η φωνή ανήκε στον εξ' απορρήτων του προέδρου και επικεφαλής της N.S.A. Τζέισον Ντάβενπορτ.

«Αφού μέχρι στιγμής πετύχατε τα όσα θέλατε, και αφού απ' ότι ξέρω το προχθεσινό πείραμα πέτυχε και αυτό απόλυτα, γιατί αυτή η... πώς να την πω... κατήφεια; Γιατί αυτή η ανησυχία; Μήπως έχω χάσει κάτι;»

Ο Λέοναρντ τον κοίταξε στα μάτια.

«Έχετε απόλυτο δίκιο. Πετύχαμε το ανεπίτευκτο. Αυτό που κάναμε θα μνημονεύεται εσαεί. Αφήστε με όμως να ολοκληρώσω και θα καταλάβετε.... Πριν από 48 ώρες όλες οι απαραίτητες θεωρητικές και πρακτικές συνθήκες ήταν έτοιμες, και προχωρήσαμε επιτέλους στον εγκλωβισμό δέσμης φωτός και στην προσπάθεια αποκωδικοποίησης των πληροφοριών της. Τι κάναμε; Ρυθμίζοντας ορισμένες μαθηματικές παραμέτρους απομονώσαμε το κομμάτι της δέσμης φωτός που αντιστοιχούσε στο 24.019 π.Χ. Γιατί αυτή η χρονολογία;

Διότι λάβαμε υπ' όψη το διαρκές αστρονομικό φαινόμενο της πρόπτωσης του πλανήτη μας και το λίκνισμα που αυτός κάνει... θα σας βοηθήσει αν σκεφτείτε μια περιστρεφόμενη σβούρα ... ολοκληρώνοντας έναν γύρο κάθε 26.000 χρόνια.

Συνεπώς επιλέξαμε να αναλύσουμε για λόγους μαθηματικής, και όχι μόνο, συμμετρίας, τη χρονική στιγμή που το σημερινό wobble (λίκνισμα) της γης μας είχε ξεκινήσει... πριν από 26.000 χρόνια. Σαν τόπο επιλέξαμε το λίκνο του σημερινού μας πολιτισμού. Τις συντεταγμένες που αντιστοιχούν στο νησί του Μανχάταν. Εδώ λοιπόν

Χωροχρονικό Ασυνεχές

είναι που άρχισαν τα δύσκολα και εδώ είναι που θα αφήσω στον επικεφαλής των ερευνών μας καθηγητή Πάλαβερ να συνεχίσει...».

Ο Πάλαβερ ήταν έτοιμος. Χωρίς κανέναν δισταγμό και με σίγουρη φωνή πήρε αμέσως τον λόγο.

«Αυτά που πέτυχε η ομάδα των δυο λαμπρών πρώην φοιτητών μου είναι εξωπραγματικά. Σε οποιαδήποτε άλλη στιγμή η επιστήμη θα τους έβγαζε το καπέλο και θα τους τοποθετούσε δίπλα στους Νεύτωνα και Αϊνστάιν. Σήμερα όμως ... δεν ξέρω. Ο Κάπλαν και ο Λέοναρντ κύριοι, κατάφεραν και σήκωσαν το πέπλο του χρόνου. Αναδίπλωσαν τον χρόνο ανοίγοντας προοπτικές ασύλληπτες για τον σκεπτόμενο ανθρώπινο νου. Αλλά τι πετύχαμε με αυτό; Τι κερδίζει η ανθρωπότητα; Εγώ προσωπικά είμαι τρομαγμένος. Και κυριολεκτώ. Γιατί είμαι τρομαγμένος; Διότι εκεί που αποφασίσαμε δοκιμαστικά να ελέγξουμε τη δυνατότητα για την εφαρμογή του ελέγχου του χρόνου επιλέξαμε για τους λόγους που προανέφερε ο Δρ. Λέοναρντ να δούμε το Μανχάταν όπως αυτό θα ήταν το 24.019 π.χ.. Τι περιμέναμε να δούμε; Τις απαρχές του πολιτισμού μας ίσως. Με βάση την ισχύουσα επιστήμη της ανθρωπολογίας περιμέναμε να αντικρίσουμε εικόνες πρωτόγονων και τρομαγμένων ανθρώπων, στην καλύτερη περίπτωση τροφοσυλλεκτών κυνηγών και ίσως και καμιά αχυρένια καλύβα. Δεν είμαι ειδικός στο θέμα αλλά αυτή πίστευα πως θα ήταν η εικόνα... αυτά μας διαβεβαίωσαν και οι επαΐοντες. Τι είδαμε όμως; Παρακαλώ κοιτάξτε την εικόνα που θα εμφανιστεί στην οθόνη...».

Όλα τα κεφάλια στράφηκαν ταυτόχρονα προς την οθόνη, ενώ συγχρόνως τα στόματα των περισσοτέρων κρέμασαν. Οι μόνοι που δεν κοίταξαν προς τα εκεί ήταν ο Λέοναρντ με τον Κάπλαν. Ο ένας μάλιστα εκ των στρατηγών σηκώθηκε όρθιος και εμφανώς αναστατωμένος βγήκε βιαστικά από την αίθουσα. Οι υπόλοιποι έμειναν να χάσκουν.

Αυτό που έβλεπαν στην οθόνη και που αποδεδειγμένα απεικόνιζε το Μανχάταν του 24.019 π.χ. ήταν τουλάχιστον συγκλονιστικό.

Για μερικούς ήταν άκρως σουρεαλιστικό μέσα στην καθαρότητά του. Ο πάντα ψύχραιμος πρόεδρος έμοιαζε να πνίγεται...το ίδιο και οι υπόλοιποι.

Χωροχρονικό Ασυνεχές

Ο Κάπλαν σήκωσε διστακτικά τα μάτια του, και για χιλιοστή φορά στα τελευταία εικοσιτετράωρα κάρφωσε το βλέμμα του στη φωτογραφία... αυτήν που απεικόνιζε το Μανχάταν του 24.019 π.Χ., και που ήταν ακριβώς... μα τελείως ακριβώς όπως ήταν το Μανχάταν πριν από... δυο ημέρες.

Όπως ήταν το 2019 μ.Χ....

Ακόμη και τα αυτοκίνητα ήταν ακριβώς τα ίδια, τα γνωστά!

«Δυστυχώς κύριοι υπάρχει και συνέχεια...», η φωνή του Πάλαβερ τους επανέφερε στο σήμερα.

«Θελήσαμε να επαληθεύσουμε το πείραμα στοχεύοντας αυτήν τη φορά πέντε εικοσιτετράωρα μπροστά. Θέλω να καταλάβετε ότι μιλούμε για αστρικό χρόνο υπολογισμένο με ακρίβεια δευτερολέπτου. Το πετυχαίνουμε χρησιμοποιώντας υποατομικά ρολόγια... η επόμενη φωτογραφία που θα δείτε λοιπόν αντιστοιχεί στο δικό μας μεθαύριο... μείον 26.000 χρόνια. Αντιστοιχεί στην 23η Δεκεμβρίου του 2019 μ.Χ. Παρακαλώ...».

Ο Κάπλαν τώρα κοιτούσε αλλού.

«Συμπληρώθηκε ο κύκλος...», μουρμούρισε χαμηλόφωνα προς τον Λέοναρντ, που στρέφοντας αλλού το βλέμμα του και αυτός, του απάντησε ψιθυριστά σκύβοντας στο αφτί του...

«Ο αέναος κύκλος... οι Μάγιας είχαν δίκιο... έπεσαν έξω μόλις μερικά χρόνια».

Η φωνή του Πάλαβερ τους έπιασε εξ' απήνης, επαναφέροντάς τους στην αίθουσα... και στην αδυσώπητη πραγματικότητα που έπρεπε πλέον να αντιμετωπίσουν.

«Ad Infinitum gentlemen, ad infinitum...»...

Οι υπόλοιποι παρευρισκόμενοι συνέχισαν να κοιτάζουν αποσβολωμένοι την εικόνα στην οθόνη.

Εικόνα που απεικόνιζε ατελείωτα χαλάσματα κτιρίων, εκρήξεις, καπνούς, και πολλή σκόνη ... εκεί που πιο πριν υπήρχε μια πόλη... το Μανχάταν.

Λ.Ο.Κ.

Χαράματα. Το κρύο αλλά και πιο πολύ η αναθεματισμένη υγρασία τρυπούσαν τα κόκαλα τους.

Ένιωθαν το πόνο να τους σκάβει το μεδούλι. Μάταια προσπαθούσαν να ζεσταθούν ζαρώνοντας, τυλιγμένοι βαθιά μέσα στα υπερσύγχρονα Αμερικανικά sleeping bags τους. Τίποτα...

Το υγρό κρύο επέμενε να τους βασανίζει τα κορμιά.

Ήταν η πέμπτη νύχτα της άσκησης. Όπως τους το είχαν υποσχεθεί και οι παλιοί, πέντε μέρες και πέντε νύχτες καθαρής και ανόθευτης κόλασης.

Το πολικό ψύχος που επικρατούσε στα βουνά ήταν απλώς το συμπλήρωμα της απέραντης ταλαιπωρίας τους. Το

Λ.Ο.Κ.

κερασάκι στη τούρτα της απόγνωσής τους. Η συνεχής πεζοπορία στα κακοτράχαλα μονοπάτια, οι εικονικές μάχες κάθε λίγο και λιγάκι, το άθλιο φαγητό βγαλμένο μέσα από αρχαίες σκουριασμένες κονσέρβες, και τέλος η αχόρταγη νύστα, τους είχαν γονατίσει από μέρες τώρα. Συνέχιζαν από κεκτημένη ταχύτητα και μόνο. Οι όποιες αισθήσεις τους είχαν νεκρωθεί προ πολλού.

Η ομάδα των τριανταπέντε καταδρομέων άρχισε σιγά σιγά να ζωντανεύει. Οι αγριοφωνάρες του επιλοχία και των μαντρόσκυλών του των δεκανέων, ήταν το λιγότερο κακό εκείνη την ώρα. Το κρύο όμως; Αυτό μόνο να μην υπήρχε και ας κρατούσε η άσκηση άλλες δέκα μέρες σιγοψιθύριζαν μεταξύ τους.

Δεν θα ήταν βέβαια άσκηση χειμερινής διαβίωσης. Μια ακόμα μέρα στα ΛΟΚ θα ήταν. Τίποτα δηλαδή...

Για τους νεαρούς και σκληροτράχηλους κομάντο της 5ης Μοίρας Ορεινών Καταδρομέων, τίποτα μα τίποτα δεν αποτελούσε εμπόδιο. Ούτε η κούραση, ούτε η πείνα, ούτε και οι ατελείωτες βρισιές του υπολοχαγού και του λοχία. Το διαολεμένο κρύο όμως...

Αφού σηκώθηκαν και μάζεψαν τα υποτυπώδη αντίσκηνά τους, μαζί με τα λοιπά συμπράγκαλα που μόνο άνεση δεν

[126]

τους πρόσφεραν, μαζεύτηκαν γύρω από το πρόχειρο μαγειρείο.

Μια ημιθανής φωτιά με ένα καζάνι γεμάτο τσάι. Αυτό ήταν το «μαγειρείο εκστρατείας». Το τσάι θα τους κρατούσε μέχρι το μεσημέρι. Τότε που θα είχαν διασχίσει άλλα δέκα χιλιόμετρα μέσα από δύσβατα μονοπάτια που ούτε τα αγριοκάτσικα της περιοχής δεν μπορούσαν να διαπραγματευτούν.

Το μόνο ενθαρρυντικό στοιχείο ήταν ότι σήμερα όλα θα τελείωναν. Το σενάριο της άσκησης προέβλεπε μία τελευταία πεζοπορία, λήψη θέσεων μάχης περιμετρικά ενός χωριού, εικονική κατάληψη του, και επιτέλους τέλος. Τα ελικόπτερα θα έρχονταν φέρνοντας τον συνταγματάρχη και τους άλλους επιτελικούς, που θα τους έλεγαν πόσο καλά τα πήγαν και μετά ... επιστροφή στη μονάδα.

Αερομεταφερόμενη επιστροφή με τα ολοκαίνουργια CHINOOK. Κυριλέ καταστάσεις. Τρεις τέσσερις μέρες χαλάρωμα, με εξόδους στη πόλη, φραπεδάκια και τηλεόραση. Ο τελικός του κυπέλλου πρωταθλητριών είναι προγραμματισμένος και για μεθαύριο...

Οι φωνές του επιλοχία ακούστηκαν σαν γάβγισμα. Ήταν διαταγές και ήταν σαφείς. Έπρεπε να σχηματίσουν φάλαγγα κατ' άνδρα και να ξεκινήσουν την πεζοπορία ή μάλλον πιο σωστά την ορειβασία.

Η κούραση που διαπερνούσε τα κορμιά τους έδωσε αμέσως τόπο στην τυφλή πειθαρχία που ανέλαβε τον έλεγχό του μυαλού αλλά και του κορμιού τους.

Σαν καλορυθμισμένα ρομπότ πήραν μηχανικά τις θέσεις τους και ξεκίνησαν. Φορτωμένοι με τα σπαστά G3 τουφέκια τους, χειροβομβίδες, μαχαίρια, τσεκούρια, αξίνες, πυξίδες, κιάλια, και ότι άλλο μπορεί να χρειαστεί ο σύγχρονος μαχητής του «ανορθόδοξου» πολέμου. «Φόρτο μάχης» το λέγανε. Μερικοί, οι άτυχοι της υπόθεσης, είχαν να κουβαλήσουν και επιπλέον κιλά. Άλλος τον ασύρματο, και άλλοι τα πολυβόλα της ομάδας.

Οι πιο νέοι απ' όλους, τα ψάρια, είχαν να μεταφέρουν και τα κιβώτια με τα πυρομαχικά. Στις πλάτες τους, σαν υποζύγια.

Το θέαμα ήταν θλιβερό. Πουθενά δεν υπήρχε ίχνος του ρομαντισμού και της γκλαμουριάς που από μικροί έβλεπαν και θαύμαζαν στις πολεμικές ταινίες. Ταινίες που τους ώθησαν όλους να δηλώσουν καταδρομείς όταν παρουσιάστηκαν στο στρατό. Εθελοντικά.

Να γίνουν ήρωες. Μη χέσω...

Χωροχρονικό Ασυνεχές

Ο ήλιος είχε αρχίσει να ανεβαίνει δειλά δειλά στον ορίζοντα, αλλά μάταια. Η μάχη του με το κρύο ήταν άνιση. Έχανε πανηγυρικά.

Στο βάθος του ήδη γκρίζου ουρανού, τεράστια στρωματόμορφα μαύρα παγωμένα σύννεφα έκαναν την εμφάνιση τους. Μελανίτες τα έλεγαν και πλησίαζαν απειλητικά. Φάνηκαν να θέλουν να αγκαλιάσουν το τοπίο. Να το πνίξουν.

Μια πυκνή πάχνη σκέπαζε τους ελάχιστους μίζερους θάμνους από πουρνάρια, και τα αμέτρητα κοφτερά κοτρόνια που όπως φάνηκε ήταν και τα μόνα πράγματα που φύτρωναν σε αυτό εδώ το υψόμετρο. Σεληνιακό τοπίο. Κάθε άλλο παρά βουκολικό.

Οι αρβύλες των περισσοτέρων είχαν ήδη καταξεσκιστεί. Ευτυχώς τα χιόνια ήταν λιγοστά και ξεραμένα. Λίγος κιτρινισμένος πάγος εδώ και εκεί τους θύμιζε ότι ήταν σχεδόν Χριστούγεννα. Σε λίγες μέρες από σήμερα, το 2010 θα άφηνε τη θέση του στο 2011. Λίγο πιο κοντά στο πολυπόθητο απολυτήριο δηλαδή. Στην ελευθερία.

Όσο περίεργο και αν τους φαινόταν, ο χειμώνας φέτος ήταν ελαφρύς. Οι παλιοκαραβάνες της Μοίρας είχαν να λένε ότι στη περσινή άσκηση δεν μπόρεσαν να καλύψουν ούτε πάνω από πέντε χιλιόμετρα συνολικά. Το χιόνι ήταν παντού. Κυρίαρχο. Τα χωριά απροσπέλαστα...

Λ.Ο.Κ.

Περπατούσαν σαν ζόμπι για περισσότερες από πέντε ώρες, όταν ο υπολοχαγός τους έδωσε διαταγή για δεκάλεπτη ανάπαυση. Πλησίαζαν στο χωριό, τους ενημέρωσε, που σε λίγο θα έπρεπε να «καταλάβουν».

Ξάπλωσαν αμέσως όπου βρήκαν, και μερικοί μάλιστα κοιμήθηκαν κιόλας πριν καλά καλά ο επιλοχίας προλάβει να βγάλει σκοπιές.

Τα κατάμαυρα σύννεφα που τους κυνηγούσαν επιτέλους τους πρόλαβαν. Αυτό που ακολούθησε ήταν παράλογο.

Μέσα σε δευτερόλεπτα ο δήθεν ήλιος εξαφανίστηκε και το σύμπαν μαύρισε. Άρχισε να πέφτει δυνατή βροχή μουσκεύοντας τα πάντα. Θυελλώδεις άνεμοι τους μαστίγωναν, και λίγο κόντεψαν να τους παρασύρουν κουτρουβαλώντας τους στο κοντινό γκρεμό. Χάος απερίγραπτο.

Η απόκοσμη αυτή προσομοίωση βιβλικού κατακλυσμού τελείωσε όμως τόσο ξαφνικά όσο άρχισε.

Ως δια μαγείας τα σύννεφα τράπηκαν σε άτακτη φυγή δίνοντας τη θέση τους στον ήλιο, που νικηφόρος πια έκανε τη μεγαλειώδη εμφάνιση του στο γαλάζιο στερέωμα. Το γκρι που κάλυπτε τα πάντα εξαφανίστηκε. Χαμόγελα άρχισαν να διαγράφονται στα πρόσωπα των περισσοτέρων,

Χωροχρονικό Ασυνεχές

καθώς ακόμα και το θανατηφόρο κρύο υποχώρησε σαν κυνηγημένο και αυτό.

«Ακούει η Μοίρα; Τοξότης 2 εδώ. Μοίρα ο Τοξότης. Ακούει η Μοίρα;»

Ο ασυρματιστής προσπαθούσε τα τελευταία δέκα λεπτά να επικοινωνήσει με το αρχηγείο της Μοίρας, αλλά μάταια. Η μόνη απόκριση στις εκπομπές του ήταν ένας ξερός στατικός θόρυβος. Παράσιτα. Τίποτα άλλο.

«Δοκίμασε στην εφεδρική συχνότητα» του είπε ο υπολοχαγός.

«Μοίρα ο Τοξότης 2. Λαμβάνεις;», προσπάθησε ξανά ο νεαρός καταδρομέας. «Ακούει η Μοίρα; Τοξότης 2 προς Μοίρα. Λαμβάνεις;»

Τίποτα... ώσπου ξαφνικά κάτι σαν τεχνητή φωνή ακούστηκε στο ηχείο.

Με τα δάχτυλα του να στριφογυρίζουν τα κουμπιά του ασυρμάτου, ο στρατιώτης κατάφερε επιτέλους να σβήσει τα παράσιτα και να συντονιστεί στη φωνή. Φωνή που μιλούσε γερμανικά.

«Πλάκα μας κάνουν;» αναρωτήθηκε ο υπολοχαγός.

«Μοίρα μ' ακούς; Μοίρα λαμβάνεις;»

[131]

Λ.Ο.Κ.

Η απόκριση ήταν άμεση και ακαταλαβίστικη. Στα γερμανικά...

«Ξέρει κανένας σας γερμανικά ρε κωλόπαιδα;» ρώτησε τους εξαντλημένους φαντάρους του ο υπολοχαγός. Όσοι ήταν ακόμα ξύπνιοι κούνησαν το κεφάλι τους αρνητικά.

«Τι στο διάολο...» μονολόγησε ο αξιωματικός. «Τουλάχιστον να πιάνανε τα κωλοκινητά μας.» Η γερμανική φωνή ακούστηκε ξανά και ξανά. Έμοιαζε να επαναλαμβάνει την ίδια φράση. Αλλά τι;

«Δε γαμιέται και η Μοίρα και ο συνταγματάρχης λέω εγώ...» φώναξε ο υπολοχαγός.

«Σηκωθείτε ψάρακες. Εγέρθητι. Πάμε. Έχουμε κατάληψη σε λίγο.»

Οι δεκανείς και ο επιλοχίας αμέσως ανέλαβαν να τσιγκλήσουν τους καταδρομείς οι οποίοι σαν υπνωτισμένοι σχημάτισαν γραμμή βρίζοντας και ξεκινώντας το τελευταίο μέρος της κοπιαστικής πορείας τους.

Μόνο που αυτή τη φορά εκτός από το νυσταλέο βάδισμα υπήρχαν και συνομιλίες μεταξύ τους. Μερικοί είχαν θορυβηθεί τόσο από την απρόσμενη καταιγίδα, όσο και από την εξίσου αστραπιαία βελτίωση του καιρού. Φοβόντουσαν.

Άλλοι πιο υποψιασμένοι, που έτυχε να ακούσουν τα γερμανικά στον ασύρματο φαινόντουσαν σαστισμένοι. Οι εικασίες έπεφταν σύννεφο.

«Μάλλον είναι κοινή η άσκηση με Γερμανούς του ΝΑΤΟ», ήταν η κυρίαρχη εντύπωση που φάνηκε να κερδίζει τη συναίνεση όλων, μέχρι που ο επιλοχίας τους αγρίεψε και τους διέταξε να βγάλουν το σκασμό.

«Χωριό εν όψει», ακούστηκε η φωνή του προπορευόμενου ιχνηλάτη. Ακολούθησαν οι συνθηματικές διαταγές του υπολοχαγού, και οι καταδρομείς με μεθοδευμένες κινήσεις φρόντισαν να γίνουν ένα με το περιβάλλον.

Αφού παρακολούθησαν σε πλήρη σιγή το μακρινό χωριουδάκι για ένα περίπου δεκάλεπτο, και πείστηκαν για την απουσία «εχθρικών δυνάμεων», οι στρατιώτες ξεκίνησαν να κάνουν αυτό για το οποίο είχαν εκπαιδευτεί και είχαν έρθει στην άσκηση. Να καταλάβουν το χωριό. Αμέσως και σαν καλοκουρντισμένο ρολόι οι καταδρομείς απλώθηκαν παίρνοντας ο καθένας τη θέση μάχης του.

Τα επόμενα σαράντα λεπτά ξοδεύτηκαν έρποντας και σχηματίζοντας κάτι σαν μια βεντάλια από πράσινα έντομα

Λ.Ο.Κ.

που περικύκλωσε το χωριό από ψηλά. Το πλησίασαν στα διακόσια μέτρα.

Και τότε τους είδαν. Πρώτος από όλους ο υπολοχαγός. Σάστισε. Από τη θέση που βρισκόταν τους έβλεπε καθαρά.

Γύρισε στον ασυρματιστή που ήταν δίπλα του: «Τους βλέπεις ρε στραβάδι; Τι στο διάολο γίνεται;»

Ξαναέβαλε τα κιάλια στα μάτια του και σταυροκοπήθηκε. Σφύριξε συνθηματικά προς τη θέση του επιλοχία και έκανε σινιάλο με το κασκόλ του προς τους άλλους.

Ο επιλοχίας έσπευσε να πλησιάσει έρποντας μέσα από τις λάσπες. Το πρόσωπό του έδειχνε ταραχή.

«Τι γίνεται ρε λοχαγέ; Μήπως γυρίζουν καμία ταινία;»

«Ανάθεμά με αν ξέρω», απάντησε αυτός.

«Πόσοι σου φαίνονται;»

Ο επιλοχίας ζύγισε για λίγο την πανοραμική εικόνα.

«Καμιά πενηνταριά τους κάνω. Δύναμη λόχου.»

«Σαν καινούργια είναι τα γαμημένα», ψιθύρισε ο υπολοχαγός δείχνοντας κατά το σημείο όπου βρίσκονταν σταθμευμένα δύο ερπυστριοφόρα παλαιάς τεχνολογίας, και ένα άρμα μάχης τύπου PANZER. Φαινόντουσαν καινούργια. Τα διακριτικά τους ήταν καθαρά. Τόσο ο μαύρος σταυρός των ιπποτών, όσο και η κατακόκκινη σβάστικα, γυάλιζαν στον ήλιο. Όπως γυάλιζαν και τα χαρακτηριστικά κράνη των Γερμανών στρατιωτών που ήλεγχαν το ερημωμένο χωριό. Στρατιώτες με κράνη και στολές που οι καταδρομείς είχαν δει μόνο σε ταινίες. Πολεμικές ταινίες, με θέμα τον Β΄ Παγκόσμιο Πόλεμο.

Ο ασυρματιστής προσπάθησε να επικοινωνήσει και πάλι με το αρχηγείο της Μοίρας τους. Αποτυχία.

Αυτή τη φορά οι γερμανικές φωνές ήταν πολλές και κάλυπταν πλέον όλες τις διαθέσιμες συχνότητες.

Οι καταδρομείς, ταμπουρωμένοι στις θέσεις τους ήταν μπερδεμένοι. Αυτό που έβλεπαν, ο καθένας με τα κιάλια του, ήταν τρομακτικό και πέρα από αληθοφανές. Ήταν αληθινό.

Σιγά σιγά μάλιστα άρχισαν να προσέχουν διάφορες λεπτομέρειες όπως ότι ακόμα και στα πλίνθινα κεραμίδια των σπιτιών του χωριού δεν διακρινόταν ούτε μία κεραία τηλεόρασης. Ούτε ένα αυτοκίνητο Ι.Χ. στα δρομάκια.

Στο χωριό έξω από το οποίο κατασκήνωσαν μόλις προχθές, οι δορυφορικές κεραίες ανταγωνίζονταν σε αριθμό τις απλές τηλεοπτικές.

Λ.Ο.Κ.

Τα τζιπ και τα ημιφορτηγά ήταν παντού. Εδώ όμως τίποτα. Ούτε καν καλώδια και στύλοι της ΔΕΗ.

Σκέτη τρέλα.

Και οι Γερμανοί στρατιώτες να πηγαινοέρχονται αγέρωχα.

Και σαν για να συμπληρωθεί το αλλόκοτο αυτό παζλ, πουθενά δεν φαίνονταν ίχνος από κατοίκους του χωριού. Νέκρα.

Ώσπου ακούστηκαν πυροβολισμοί...

Ένας μαυροντυμένος Γερμανός, μάλλον αξιωματικός, που στέκονταν στη μέση της υποτυπώδους πλατείας, είχε σηκώσει το περίστροφο του και πυροβολούσε στον αέρα. Ήταν το σύνθημα.

Τρία τεράστια φορτηγά έκαναν ξαφνικά την εμφάνιση τους μέσα από τα στενά σοκάκια του χωριού σταθμεύοντας κάτω από το πελώριο πλατάνι που σκέπαζε με τα κλαδιά του τη μικρή πλατεΐτσα.

Ανοίγοντας τα καναβάτσα τους οι οδηγοί, αυτά άρχισαν να ξεχύνουν στη κυριολεξία δεκάδες γυναίκες και παιδιά.

Βλοσυροί στρατιώτες επιτάχυναν την βίαιη αυτή αποβίβαση χρησιμοποιώντας τους υποκόπανους των όπλων τους.

Χωροχρονικό Ασυνεχές

Μόλις συναθροίστηκε το σύνολο των γυναικόπαιδων, ένα ερπυστριοφόρο όχημα με ένα τεράστιο πολυβόλο στον πυργίσκο του πλησίασε το πλήθος.

Οι γυναίκες έπεσαν στο έδαφος ουρλιάζοντας, ενώ τα παιδάκια έκλαιγαν. Το πολυβόλο στόχευσε την ανθρώπινη μάζα.

Ο υπολοχαγός μάταια έψαχνε να δει κάποιο κινηματογραφικό συνεργείο να κάνει την εμφάνιση του. Η λογική του δεν του επέτρεπε να αποδεχθεί αυτό που έβλεπε. Για να είναι αληθινό θα έπρεπε να ανατραπούν όλα όσα ήξερε και όσα είχε διδαχθεί. Και αυτό του ήταν αδύνατο. Ήλπιζε λοιπόν ότι όλα αυτά που έβλεπε ήταν στα πλαίσια του γυρίσματος κάποιας κινηματογραφικής ταινίας. Τίποτα διαφορετικό δεν θα μπορούσε να συμβαίνει.

«Ο χρόνος δεν είναι αναστρέψιμος», έλεγε και ξανάλεγε μέσα του.

Ο επιλοχίας είχε άλλη άποψη. «Είμαστε στο παρελθόν» είπε. «Δεν βλέπετε γύρω σας; Έχουμε κατοχή. Κάτι έγινε και πήγαμε πίσω. Πρέπει να τους βοηθήσουμε. Μάλλον η καταιγίδα φταίει».

Η απάντηση του υπολοχαγού ακούστηκε αβέβαιη.

Λ.Ο.Κ.

«Δεν είμαστε στο παρελθόν. Αλλά και να είμαστε δεν μπορούμε να κάνουμε τίποτα. Αν επέμβουμε αλλάζουν τα πάντα. Κάπου διάβασα ότι αν αλλάξει ακόμα και το ελάχιστο στο παρελθόν αλλάζουν όλα. Μπορεί να μην γεννηθούμε καν. Άρα δεν επεμβαίνουμε... επ' ουδενί.»

«Εγώ ξέρω ότι οι Ναζισταράδες θα δολοφονήσουν σε λίγο συμπατριώτες μας και εμείς μπορούμε να τους εμποδίσουμε. Τα όπλα τους είναι παλαιολιθικά. Σε πέντε λεπτά είναι τελειωμένοι. Δώσε διαταγή. Ανήκουμε στον ελληνικό στρατό και έχουμε πόλεμο.»

«Ο στρατός στον οποίο ανήκουμε εμείς δεν έχει πόλεμο και πόσο μάλλον με τους Γερμανούς. Ξεχνάς ότι είμαστε σύμμαχοι στο ΝΑΤΟ;»

«Ο ελληνικός στρατός είναι διαχρονικός. Ακόμα και στις Θερμοπύλες να βρεθούμε σαν Έλληνες καταδρομείς, θα πολεμήσουμε τους Πέρσες, και ας μην έχουμε πόλεμο με το Ιράν...».

Η απάντηση που ξεκίνησε να ξεστομίσει ο υπολοχαγός διακόπηκε από τις φωνές του Γερμανού Αξιωματικού. Σε στάση προσοχής και κρατώντας ένα χαρτί φάνηκε να διαβάζει κάποιο επίσημο μάλλον ανακοινωθέν.

«Τους διαβάζει την καταδικαστική απόφαση. Θα τους εκτελέσουν. Δεν το βλέπεις; Δώσε γρήγορα διαταγή. Τα παιδιά είναι έτοιμα. Θα τους γαμήσουμε...»

Χωροχρονικό Ασυνεχές

«Δεν μπορούμε να αλλάξουμε το παρελθόν. Θα σβήσει το μέλλον και μαζί και εμείς...δεν μπορώ.» Ο υπολοχαγός ήταν αμετάπειστος.

Το κροτάλισμα του γερμανικού πολυβόλου τους ταρακούνησε. Καμιά δεκαριά γυναικόπαιδα έπεσαν αμέσως αιμόφυρτα. Η κάνη του τεράστιου όπλου ξερνούσε καπνό και φλόγες. «Επίθεση. Επίθεση. Δίχτυ αριστερό, και δεξιά στα τέσσερα. Ακροβολιστείτε. Τα πολυβόλα κατά βούληση».

Οι συνθηματικές διαταγές του υπολοχαγού για επίθεση ήταν ενστικτώδεις και άμεσες.

Το θέαμα των πεσμένων παιδιών έδιωξε κάθε ενδοιασμό που τον συγκρατούσε. Ο δεσμός του με τη λογική διερράγη.

Και οι καταδρομείς, σαν σε άσκηση βολής, και χρησιμοποιώντας τόσο τα αυτόματα τουφέκια, τους όσο και τα παντοδύναμα οπλοπολυβόλα, λιάνισαν τους ξαφνιασμένους Γερμανούς που έπεφταν ο ένας μετά τον άλλο.

Τα ερπυστριοφόρα ανατινάχτηκαν σχεδόν αμέσως έχοντας δεχθεί μερικές χειροβομβίδες, ενώ το τανκ διαλύθηκε στιγμιαία μόλις δέχθηκε τα πυρά του αντιαρματικού μπαζούκα. Ενός μπαζούκα που είχε σχεδιαστεί να

[139]

Λ.Ο.Κ.

διαπερνά θωράκιση εικοσαπλάσιου πάχους και αντοχής από αυτή που προστάτευε το PANZER.

Μέσα σε πέντε λεπτά είχαν όλα τελειώσει.

Σχεδόν όλοι οι Γερμανοί στρατιώτες ήταν νεκροί ή τραυματίες, και κανένας δεν μπόρεσε να ανταποδώσει τα πυρά.

Η άνιση ισχύς πυρός που διέθεταν οι καταδρομείς, σε συνδυασμό με τον απόλυτο αιφνιδιασμό, είχαν κρίνει τα πάντα. Η μάχη ήταν προκαθορισμένη. Ο υπολοχαγός τώρα άρχισε να φοβάται για τις συνέπειές της.

Πριν προλάβουν να ανασυνταχθούν, ο ουρανός σκοτείνιασε. Μια καταιγίδα σάρωσε τα πάντα. Η βροχή ήταν καταιγιστική.

Αυτή τη φορά συνοδεύτηκε και από κεραυνούς. Ο άνεμος παραλίγο να τους σηκώσει στον αέρα. Δεν φαινόταν τίποτα...

Και ξαφνικά χαρά Θεού. Όπως και πριν.

Χρειάστηκαν κάμποσα λεπτά μέχρι να συνέλθουν τρίβοντας τα μάτια τους.

Η βροχή και ο αέρας σχεδόν τους είχαν τυφλώσει. Κοίταξαν κατά τη μεριά του χωριού. Δεν υπήρχε τίποτα. Κάτι χαλάσματα μόνο.

«Θέλω αναφορά. Άμεσα» Διέταξε ο Υπολοχαγός.

«Ένας... δυο ...τρεις...τέσσερις...» ακούστηκαν να μετρούν οι καταδρομείς με τη σειρά. Ήταν όλοι τους παρόντες. Σώοι.

«Μάγκες δεν ξέρω τι στο καλό έγινε αλλά σας παραδέχομαι. Ήσαστε ήρωες. Θα σας προτείνω για τιμητικές δεκαήμερες. Είστε παλικάρια. Τους ξεσκίσαμε τους Γερμαναράδες. Παπαδόπουλε πιάσε τη μοίρα στη συχνότητα να δούμε τι γίνεται. Μάλλον επανήλθαμε στα κανονικά μας αν κρίνω και από τα φαινόμενα», γέλασε δείχνοντας το μουντό τοπίο.

«Μοίρα ο Τοξότης 2. Ακούει η Μοίρα; Εδώ Τοξότης.»

Η απάντηση ήταν άμεση και καθαρή. Ολοκάθαρη.

Κανένα παράσιτο.

«Whoever that is, get the fuck off the frequency immediately. You are reminded that under the U.S. occupation act of 1952, the use of Greek has been forbidden. I repeat the use of Greek is forbidden. We have your coordinates. Remain in your position. A helicopter will soon be there».

Οι έλικες του τεράστιου ελικοπτέρου έσκιζαν τον αέρα. Η εμφάνιση του ήταν μεγαλοπρεπέστατη.

Λ.Ο.Κ.

Αιωρήθηκε από πάνω τους επιτρέποντάς τους να διακρίνουν την αμερικανική σημαία σε χιαστί διάταξη με την γερμανική σβάστικα!

Μια φωνή ακούστηκε από το μεγάφωνο που βρισκόταν στο δεξί του μέρος.

«Lay down your arms. You are under arrest by the joint Nazi American task force. You will be treated fairly, even though you are criminal terrorists. Do not resist arrest».

Αυτή τη φορά κατάλαβαν. Αγγλικά γνωρίζανε όλοι τους.

Κατέβασαν τα όπλα. Οι πιο κουρασμένοι αποκοιμήθηκαν, ενώ το ελικόπτερο στριφογύριζε από πάνω τους.